교회,
나의 눈물
나의 노래

교회,
나의 눈물
나의 노래

김경호 에세이 · 칼럼집

문학의식사

작가의 말

아담아 네가 어디 있느냐?

내 신앙의 길은 매우 독특하고
특이하다고 할 수 있다.
병을 얻었기 때문에
살고자 예수님을 믿는다고
교회에 나간 것이
신앙입문이었다.

군소신학 7학기 공부. 다시 신학대학 졸업.
간사로 시작해서 전도사로 사역을 마치기까지 10년.
그러나 일용직으로 15년 동안 건축현장과 산업현장에서
힘겨운 일을 감당해야 했던 날들을 살았다.

내 삶의 이면에는 신앙인으로 부끄러운 삶이 있었다.
고통의 날, 견딜 수 없는 아픔의 결과였다고 핑계 삼아 본다.

내 인생에 가장 길고
어두웠던 인생터널 속에서
삶과 신앙을 버릴 수 없었다.
끝없는 어둠이 내 영혼을 두렵게 하고
방법과 기회를 찾을 수 없는 갇힌 삶은
항상 정점(頂點)에서 오는 압박 자체였다.
숨을 쉴 수 없었다. 희망도, 계획도, 사고(思考)도
멋은 적막(寂寞)한 시간의 연속이었다.
그러나 내 마음은 여전히
하나님을 갈망했고, 하나님의 뜻을 구하고
은혜를 바랄 수밖에 없었다.

내가 만난 하나님, 그 하나님을 통해서 내가 얻은 마음은
"하나님은 계시고, 하나님은 영원하시다는 것"이다.

이 모든 칼럼은
내가 군소신학을 다닐 때,
신학대학을 다니면서,
10년의 사역기간 동안 쓴 글이 아니다.
교회를 나와서 광야와 같은 삶,
지정된 교회 없이 지내온
10여 년간 길 위에서 기록된 고백이고,
하나님을 앙망한 한 크리스찬의 갈망이었다.

내가 묻고 싶다.
왜 살아요? 그리고 어디로 가고 있나요?
자신이 처한 현실의 난처함을
하나님께 내려놓기를 바라는 마음에 이 글을 내 놓는다.
내가 암담한 현실을 하나님을 찾는 기회로 여김과 같이,
이 책을 읽는 사람모두가 하나님을 만나는
기회가 되기를 희망한다.

오늘도 하나님은 잃어버린 영혼을 찾고 계신다.
때문에 하나님께서 오늘 이 책을 읽는 분들에게
이렇게 질문해 주시길 바란다.

"아담아, 네가 어디 있느냐?"

차례
CONTENTS

1장 기독교基督教

2장 길 위에서

3장 그리스도 안에서

일러두기

책에 쓰인 인명, 지명 등은 외래어표기법에 따랐으며
일부는 저자의 의도를 반영해 예외로 두었다.

1장

기독교(基督教)

"진리를 알지니
진리가 너희를 자유롭게 하리라."

– 요한복음 8장 32절

교회 教會, Church

교회는 예수님의 피 값을 대신하여 세운
구원의 방주다. 그러므로 구원은
교회에서 이루어진다. 반면에,
선한 일을 함에도 불구하고
이중성이 넘치는 곳.
죄가 가득한 곳.
문제가 많은 곳.
이 사실이 사람의 오해를 유발한다.

오해란,
교회는 타락한 세상과 사람을 불러
변화시켜 '거룩'으로
이끄는 과정의 반복이
교회의 일이기 때문이다.
죄인을 초청했기에 죄가 많고,
(의인은 세상에 하나도 없다)
온전치 못한 자아와 인격까지도
변화하고자 하는
인고(忍苦)의 과정이 있기에

문제가 많고 시끄러운 것이다.

교회는 세상 가운데서 예수님의 삶을 실천한다.
"식사할 겨를도 없는지라"(막3:20下)
주님의 3대 사역이었던 전도, 가르침, 치유를
행하여 한 개인과, 사회를 변화하도록 하는 것이
예수 그리스도교회의 일이다.

"죄 많은 세상 속에서 세상을 품는 것이 교회이다."

성막

40년. 출애굽 광야여정의 신비
이스라엘의 안식처
세상가운데 하나님의 나라
하나님의 현존.

허스름한 천막에 불과한 회막
그러나 외관만으론 판단 못 할
영광과 능력이 머무는 곳이다.

이스라엘을 구속하신 하나님의 전능과
형용 못해 가슴에 새긴 하나님의 사랑
동물의 피로 제사를 드려 죄를 사함이
훗날 예수님의 희생의 예표가 되었다.

죄 사함, 하나님의 사랑, 중생의 은총
예수님의 가르침, 성령의 기름부음의 역사
이것이 반복되는 생명의 삶!
곧 고대 광야에서 지어졌고, 성막이라 일컫던
오늘 교회의 모습이다.

"주의 궁정에서 한 날이 다른 곳에서의 천 날보다 나은즉 악인의 장막에 사는 것보다 내 하나님의 성전 문지기로 있는 것이 좋사오니"(시84:10)

예수

기독교의 믿음의 대상 예수의 근본에
대한 설명은 다음과 같다.

"그는 근본 하나님의 형체시나… 자기를 비워 종의 형체를 가져 사람들과 같이 되었고… 자기를 낮추시고 죽기까지 복종하셨으니 곧 십자가에 죽으심이라… 이러므로 하나님이 그를 지극히 높여 모든 이름 위에 뛰어난 이름을 주사…. 모든 무릎을 예수의 이름에 꿇게 하시고….하나님 아버지께 영광을 돌리게 하셨느니라."(빌립보서 2장 6절~11절)

석가모니, 마호메트, 공자 모두가 인간의 자녀이다.
생리학적 결과로 얻은 분명한 인간의 자녀라는 것이다.
그러나 기독교가 일반종교와 다른 것은
기독교의 믿음의 대상이 되는
예수는 하늘보좌에서 오셔서
성령의 역사로 마리아의 몸에 잉태하신
성자하나님이 예수님이다.
(마태복음1장 18절~25절)

그러면 왜 예수께서 이 땅에 오시고

십자가에 못 박혀 죽어야 했는가?
예수가 아닌 다른 이는
희생양이 될 수 없었을까?

누구라도 대신하여
희생양으로 바쳐질 수 없었는가?
한 번은 의문을 제기할 수 있다.

그러나 누구도 대신할 수 없는 이유가 있다.

그것은, 창조이후 모든 인간은
죄인이라는 결과에 원인한다.
최초의 사람 아담과 하와의 선악과의 범죄로 인해
원하든, 원하지 않든
원죄를 갖고 태어나는 것이 사람이다.
죄는 하나님과 원수가 된다.
그렇기에 죄가 있는 인간을 통해서는
죄의 문제를 해결할 수 없고,
죄가 없는 순결한 희생자가 필요했다.

성부하나님은 죄인 된 인간을 구원하고자
성자 하나님이신 외아들을 인간 세상에 보내시고
죄가 없는 예수님께 인류의 죄를
전가하심으로 하나님과 인간이 화해할 수 있도록

화목제물(피 흘림이 없은즉 사함이 없느니라
-히브리서9장22절하반절) 삼았던 것이다.
그렇게 예수님은 십자가에서 죽으셨다.

때문에 모든 인간이 죄의 문제를 해결 받고
구원이 이루어지기까지는 예수를 믿어야 하는
선 조건이 이루어지게 된 것이다.

십자가에서 죽으시고, 3일 만에 부활하시고,
부활 후 40일간 제자들에게
보이시며 확신주신 후 승천하셨고,
재림을 통해 인류의 종말을 고하겠다고
약속하신 분이 예수님이다.

기독교의 믿음의 대상 예수는
하나님이 인간이 되신 분이다.

"주 예수를 믿으라 그리하면 너와 네 집이
구원을 받으리라"(사도행전16장31절)

진리

신(神, 하나님)이 허락한 최상의 선물 중 하나는
언어라고 생각한다. 언어가 없는 인류?
상상하기 어렵다.

역사, 문명, 과학, 인간의 삶 모든 영역에서
발전을 도모할 수 있었던 것은 과연 언어이다.
언어는 의사소통이 되어야한다.
소통 안 되는 언어는 짐승의 언어와 다를 바 없다.
이 언어 중, 수많은 말 중에 이 한 가지를 생각하게 한다.

"진리(眞理)"라는 표현이다.

과연 진리는 있을까?
반하는 말은 "거짓"일 것이다.
무엇이 참이고 무엇이 거짓인가?
다른 말을 하고 싶지 않다.
진리에 대해, 성경이 말하는 진리를 말하고 싶다.
예수님께서 살아계실 때 그 분이 친히 하신 말씀이다.

"나는 길이요, 진리요, 생명이니
나로 말미암지 않고는
아버지께로 올 자가 없느니라"(요14:7)

예수는 친히 자신이 진리라고 말한다.
그것은 진정한 Leader, 참 목자는 양을 위해
무리를 위해 자신의 목숨을 버린다는
기독교의 희생이라는 신앙을 의미한다.
예수는 자신이 죄 없지만 십자가에서 죽으시고,
부활하심으로 소망의 길을 인류에게 선물하신 분이다.
하나님의 뜻인 구원의 길을 열어놓으신 분이다.
그렇기에 그 분 자신은 친히 진리임을 말씀하실 수 있었다.

유월절 The passover

성경에 나타난 사건 모두는 기적과 표적으로
인간의 이성과 상식으로는 이해할 수 없는 신적능력이다.
출애굽기서에 보면 이와 같이 표적과 기사가 나타나는데
430년간 애굽에서 종살이를 하던 이스라엘백성들이
하나님이 세운 지도자 모세에 인도로 애굽을 탈출하는
출애굽의 역사에서 볼 수 있다.

10가지 재앙 즉 피, 개구리, 이, 파리,
가축의 죽음, 악성 종기, 우박, 메뚜기, 흑암의 재앙 후
마지막에 애굽의 모든 장자와 모든 가축의
처음 난 것이 죽게 되는 큰 재앙이었다.

하나님은 이스라엘에게 화가 임하지 않게 하시려고
조건부 방안을 제시하셨다.
"어린양을 잡아 그 고기는 먹되 피를
문설주와 인방에 바르라"는 말씀이었다.
중요한 것은 하나님의 신이 집집마다 다니며
애굽의 모든 장자를 칠 때에 이스라엘백성과
애굽 백성을 구분하신 조건은

그 집의 문설주의 피라는 것이다.
다시 말하면, 집안에 누가 있는지는 중요치 않다는 것이다.
"내가 피를 볼 때에 너희를 넘어가리니"
(출애굽기12장13절)

여기에 오묘한 구원의 비밀이 있다.
당시의 인간을 네 부류로 나누어 보자.

첫째, 이스라엘백성 중에는 하나님을 믿지 않는, 애굽 사람보다도 더 큰 죄인이고 악한 자가 있을 수도 있다.
둘째, 하나님을 믿지 않던 애굽 사람 중에는 선하고 의로운 사람도 있었다.
셋째, 이스라엘백성 중에는 하나님을 신실히 믿으며 정의와 공의에 삶을 살아가는 자도 있다.
넷째, 애굽 사람가운데는 하나님을 믿지도 않으면서 더욱 악하여 패역한 삶을 사는 자들도 있었다.

요지는 4부류 중 어떤 한
부류이냐가 중요한 것이 아니다.
어떤 삶을 살아왔는지,
어떤 삶의 모습으로 서 있는지 중요하지 않다.
최소한 본문을 말하는 지금.
그러면 지금 중요한 것은 무엇인가?

그것은 “문설주와 인방에 피의 유무(有無)”였다.

피가 있으면 passover,
피가 없으면 “장자의 죽음”의
재앙이었다.

피는 생명을 의미한다.
하나님은 우리의 몸에서
예수의 피의 흔적을 찾으신다.

삼위일체하나님

하나님이 몇 분이냐?
처음기독교를 접하는 이들의 물음이다.
하나님은 어떤 분이고, 예수님은 누구고 성령님은 누구야?
누구를 믿어야 하는 거야? 이 말이다.

기독교가 신앙하는 하나님은 삼위일체 하나님이다.
근거는 창세기 1장 26절에 하나님이 사람을
만들 것을 작정하시고 말씀하시기를
"우리가 우리의 형상을 따라 사람을 만들고"라고 하셨다.
여기서 "우리"는 단수가 아니라 복수다.
이 말은 성부 하나님과 성자 하나님,
성신으로 일컫는 성령 하나님 세 분을 일컫는 말이다.

세 분의 근본은 창세이전부터 함께 사신 분으로,
창조되었거나 피조 된 존재가 아니라,
영원 전부터 영원까지 사신 완전하시고
온전하신 성삼위일체 하나님이라는 사실이다.
그러면 세 분이 행하신 일은 무엇인가! 각각 다르다.

성부하나님은 천지를 말씀으로 지으신 분이다.
(창세기1장1절)
하늘과 땅과 온 우주(공간) 만물, 해와 달(시간)과 별,
세상의 동물과 식물을 만드신,
우주만물의 주인이 하나님이시다.
성경에 나타난 하나님의 활동 모습은
구약성경 전체에서 볼 수 있다.

성자하나님은 인간의 죄를 대신하여
희생양으로 바쳐지기 위해 하늘 영광 버리고
이 땅에 오신분이다. (요한복음3장16절)
인간 예수가 되셨지만,
인간과 다른 것은 마리아의 몸에 성령의 역사로
임신하시고 태어나셨다는 것이다.
석가도, 마호메트도, 공자도 인간의 자녀다.
구체적인 표현으로 인간의 씨이다.
그러나 예수 그리스도는 근본이 다른
하나님이 친히 인간이 되신 분이다.
이 예수는 구약선지자들이 예언했듯이
인간의 죄 값을 대신하여 십자가를 지셨다.

죽으신 후 3일 만에 부활하셔서
영원한 생명의 길을 열어 주신 분이다.
그러므로 예수를 믿을 때 죄 사함과 함께

구원을 얻을 수 있게 된다.
성경에 나타난 예수의 활동은 신약성경 4복음서
마태복음, 마가복음, 누가복음, 요한복음에서 볼 수 있다.

성령하나님은 예수님께서 말씀하셨듯이
"보혜사 곧 아버지께서 내 이름으로 보내실 성령
그가 너희에게 모든 것을 가르치시고
내가 너희에게 말한 모든 것을 생각나게 하시리라"
(요한복음14장26절)고 보혜사 성령하나님을 약속해 주셨다.

그리고 말씀대로 오순절 마가의 다락방에서
간절히 기도하던 120명의 제자들에게 성령이 임하였는데
이는 "초대교회탄생" 나아가
인류교회의 시작이 되는 역사였다.
성령이 임하자 제자들은
각 나라 방언으로 말하는 은사를 체험하였다.
성령은 우리를 돕는다. 은사를 허락하셔서
구원의 확신과 담력을 얻게 할 뿐 아니라
믿음으로 승리하는 인생을 살게 한다.
주 예수 그리스도께서 구름타고 재림하시는 날까지
우리는 성령에 인친 자들이다.
성경에 나타난 성령하나님의 활동은
신약성경 사도행전 이후에 계속해서 볼 수 있다.

하나님? 성부 하나님!

예수님? 성자 하나님!

성령님? 성령 하나님!

기독교는 성부, 성자, 성령! 삼위일체 하나님을 믿는다.

복음 1

복음은 예수 믿고 천국가세요! 라고
울려 퍼지는 소리가 복음이다.
어려운 것이 아니다.
큰 축복이요 말 그대로 복된 소식이다.

예수 믿으면 천국 가는 것이다.
어린아이도 천국이 좋은 곳이고
지옥이 두려운 곳이라는 것을 안다.
배워서 아는 것이 아니라,
본능적으로 안다.

그런데 왜 지구인구 75억중
아직도 절반이 넘는 사람들이
예수를 받아들이지를 않을까?
성경은 말한다.
"마음에 하나님두기를 싫어함"(로마서1장28절)이다.

소크라테스는 "너 자신을 알라"라고 말했다.
그것은 적은 외부에 있는 것이 아니라, 내 자신 안에

즉 "나"라는 존재가
인생에 가장 큰 적이라는 사실을 말한다.
사도바울은 그런 자신의 내부를 바라보면서 탄식한다.
"오호라 나는 곤고한 사람이로다. 이 사망의 몸에서
누가 나를 건져내랴"(로마서7장24절)라고 말이다.

예수의 피 흘림은 죄로 물들어 죄에 종노릇하고 있는
결박당한 인류를 위함이다.
그 분께 나올 때 영적 육적 질병과
사망의 올무에서 해방될 수 있다.

'복음은 사람에게 생명과 참 평안을 선물로 준다.'

복음 2

복음이 가는 곳에 진통과
파괴의 역사가 있다.
그것은 빛으로 무장된 복음이
타락한 인간사에 개입되는 과정에서
어두움이 신음을 토하고,
진통하며 저항하는 단계를 거쳐
결국 복음 앞에서
물러가게 되는 진리를 말한다.

복음이후 처음 순교자
스데반집사의 죽음과 같이,
네로의 음모의 시작으로
수많은 그리스도인들이 사라져갔던 것처럼,
신유박해, 기해박해,
병오박해의 수난과 같이,
적게는 8천명에서
많게는 2만5천명이 순교했던 병인박해.

어두움은 그토록 잔인한 진통을 남기고 사라져갔다.

빛 된 복음이 가는 곳에 어두움은 파괴된다.
그리고 어둠속에 묻혔던 이들이
빛 된 복음을 만나 자유 한다.
이것이 복음의 역사요,
생명 있는 복음의 참 가치이다.

"복음은 사람에게 생명과 참 평안을 선물로 준다."

성경 1

성경은 B.C 15C 부터 A.D 1C 까지
약 1500여 년이라는 세기의 시간을
거치면서 40여 명이 넘는 저자를 통해
기록된 인류의 베스트셀러이다.
비 크리스찬도 한 번은 꼭 읽었고,
또 읽어야 하는 경전이 되었다.

중요한 것은 세기를 지나면서 기록되었음에도
성경은 하나의 맥(脈)을 벗어나지 않고
기승전결의 틀을 유지, 전개해 간다고 하는 사실이다.
성경의 하나의 큰 명제가 있다면
창조론에 근거한 하나님 소개라 할 수 있다.

진화론을 주장했던 과학자중에 크리스찬이 된
분들이 많이 있다. 모든 과학자들도 창조론을
타당하게 생각하고 있는 시대를 살고 있다.

성경을 한 마디로 요약하면
"예수 그리스도로 말미암은 구원"이라고 할 수 있다.

성경 66권은 예수 그리스도를 예언한 구약과
그리스도께서 오신 신약의 성취라 할 수 있다.
기독교는 종교가 아니라, 역사의 주체인
하나님을 말하는 진리(眞理)이다.

성경 2

하나님은 자신을 스스로 증거 하시기 위해
특별계시인 성경을 집필하셨다.
40여 명이 넘는 성경의 저자들이 있지만
그들은 한결같이 성령의 충만한 은혜 안에서
성령의 감화, 감동의 역사하심을 받아 성경을
집필할 수 있었던 것이다. 때문에
성경의 원저자는 하나님인 것이다.

성경은 단순한 경전 이상의 것이다.
그것은 성경이 "살아있다"는 점이
차별화된다.
"하나님의 말씀은 살아 있고
활력이 있어 좌우에 날선 어떤 검보다도
예리하여 혼과 영과 및 관절과 골수를
찔러 쪼개기까지 하며
또 마음의 생각과 뜻을 판단하나니"(히4:12)

살아있다는 것은
목적을 위해 행동하고 있는 것인데,

교회가 하는 말 가운데
'말씀이 역사 한다'는
표현이 이 의미이다.

교회가 정경(正經:성경)을 만든 것이 아니라
정경이 자기 자신을 정경으로 만들었다.

성경으로 돌아가라

성경은 삶과 신앙의 중심이며 나침판이다.
정독도 중요하지만, 다독이 중요하다고 생각한다.
하나님은 에스겔에게
'말씀을 창자에 가득 채우라'(겔3:1-3)고 말씀하셨다.
또 신약에서는 "하나님의 말씀과 기도로
거룩하여짐이니라(딤전4:5)."라고 말씀하셨다.
기도와 말씀이 없는 신앙은 레일 없는 기차와
같다고 할 수 있을 것이다.

사람들이 말한다. 구교와 신교, 예정과 예지, 보수와 진보,
그리스도의 인성과 신성, 어떤 것이 옳은 것인가?
질문에 대해 성경이 말하는 말씀을 진리로 믿기에
성경 안에서 발견된 진리만을 고집해야 한다고 생각한다.
성경은 위의 모든 질문에 대한 답을 "모두 좋다"라고 한다.
곧, 성경은 이중성의 내용을 여실히 드러내고 있기 때문이다.

이중성에 대한 예로 그리스도를 믿는 하나님의 백성들은
첫째, 하나님의 자녀이다. 자녀는 부모의 무조건적인 사랑의 대상이다.

내가 낳은 자식에 대해 조건적 사랑을 실천하는 부모는 세상에 없다.

이와 같이 하나님의 사랑도 같다.
그 분의 자녀 삼은 백성에 대해서는
오직 사랑과 긍휼만을 베푼다는 진리를 말한다.
반면 이중성의 원리가 되는 하나의 개념,
그것은 하나님의 백성은 그리스도의 제자로서의
삶을 살아야 한다는 것이다.

여기서 문제가 발생된다.
자녀는 무조건적 사랑의 대상이지만,
제자는 훈련과 연단의 대상이 된다는 것이다.
제자는 스승보다 더 뛰어난 삶을 살아야 할 의무를
스승께로부터 부여 받는다.

그것이 훈련하는 스승의 마음이요 요구이다.
훈련의 과정의 핵심은 '고난'이라는
사실을 기억해야 한다. 고난은 매우 쓰다.
"약은 쓰다"라는 말 그대로 이해하면 맞는 말이다.
그러나 고난 후에 나타날 영광된 삶을 위해
현재를 헌신하고 희생하는 것이
제자의 삶이 되어야 하는 것이다.

이처럼 이중성의 요인이 있음에도 불구하고,
성경은 하나님의 말씀을 인간에게 공적으로
드러내 보여주신 계시의 언어이다.
성경 안에서 문제의 답을 찾아 해결해야 할 문제를
성경 밖으로 가져올 때 문제는 발생한다.
신앙과 신학의 총체적 문제는
말씀의 부재에 요인 함을 기억해야 한다.

칼 바르트의 주장은 문제의 핵심을
올바로 지적한다. "성경으로 돌아가라"

신학神學과 복음福音

신학은 복음(신앙)을 담는 그릇이다.
신학이 그릇이라고 한다면, 그릇 안에 담겨
있는 내용물이 복음이라는 것이다.
그러므로 신학을 배제한 복음은 있을 수 없고,
복음을 빼놓은 신학 또한 의미가 없다.

율법이냐? 복음이냐?
문제에 있어서 예수님의 말씀은
"율법을 완성"하기 위해 오신분임을 말씀하셨다.
신학이냐? 복음이냐? 가 아니라,
율법과 복음이
동전의 양면과 같은 것처럼,
신학과 복음은 갈라놓을 수 없는
관계라는 것을 인정해야 한다.

초대교회는 복음으로 성령 충만했지만,
신학의 부재로 인해
종말론적인 신앙의 형태를 취하였고
이는 극단적신앙의 형태를 낳는
오류에 빠지게 되었다.

신학은 복음이 변질되지 않도록
복음이 복음 되게 하는 지팡이이다.

다만, 복음을 통해 신학이 탄생하였다는
배경을 선 이해함이 옳다.
신학은 복음으로 말미암은 그릇이다

처음 사람

아담과 하와.
처음 사람은 영원한 존재로 지음을 받았다.
이들에게는 사망이 없었다.

뜻밖에 하나님은 이들에게 사망을 선언하셨다.
'선악과를 먹지 말라'(창2:17)는 하나님의 말씀을 저버리고
불순종함으로 얻은 죄의 결과,
인류는 사망의 역사를 반복한다.

열매하나 먹었는데 죄가 된다?
너무 옹치졸한 하나님은 아닌가?

처음 사람을 향한 하나님의 심판의 기준은
순종과 불순종을 두고 하신 심판이었다.
죄의 무게가 아니다.

처음사람들의 심판에서 확인된 하나의 진실은
순종하는 삶으로의 변화가
진정한 영생의 삶임을 알 수 있게 한다.

예수는 아담과 하와가 낳은 사망의 문제를 해결하셨다.
그러므로 예수를 그리스도로 고백한 자들은
아담과 하와가 누렸던 영생을 재(再)취한다.
곧, 처음사람이 지녔던 순종으로 인한 영생을 의미한다.
때문에 믿는다는 것은 말씀의 권위 앞에 순종하는 것이다.

영생은 순종의 열매다.
처음사람은 순종의 사람이었다.

예루살렘

이스라엘의 야훼, 여호와의 처소.
하늘과 땅이 만나 영광으로 찬란한 성
그 이름이 거룩하다.

그 영광은 하늘을 덮고
그 위엄의 비침은 해와 같이 빛난다.
여호와의 눈이 그곳을 떠나지 아니함이 축복이고,
전능자의 기운이 머묾으로 터는 요동한다.
세상 모든 임금이 거룩한 성의 소문을 찬미하고
열왕은 나아와 무릎 꿇어 경외한다.

거룩한 성, 예루살렘!

천군과 천사, 스랍들이 경배하고
흰 옷 입은 주의 백성들은 찬양을 올린다.
천사의 그릇에 담긴 성도의 기도는 빛난 보좌 앞에 달하고
주의 손은 땅과 사람을 고치므로 백성은 기뻐한다.

하늘에 빛난 영광을 목도하는 복된 이스라엘!

악인의 손에 성벽이 무너지고
불을 붙여 파괴됨은 무슨 이유인가?
백성은 두려워 떨었고 탄식으로 부르짖었다.
여호와의 긍휼을 입은 성은 마침내
보수자의 손에 재건되기 시작했다.

성벽을 중건한 영혼들, 성전을 건축한 종들,
성문을 중수한 형제들이 복이 있다.

그 영광스런 이름이 지워지지 않는
거룩한 처소가 되었다.
예루살렘을 세우신 주를 경외하고
이스라엘의 야훼를 찬양하라.

이스라엘의 하나님?

왜 이스라엘 민족의 하나님을
믿어야 하나? 라고 묻는다.
다름 아닌 나의 형님이 불신자로
있을 때의 질문이었다.

오늘도 이러한 의문을 갖고 있는
예비 크리스찬들이 많이 있다.
이들의 주장은 한결같다.
왜 우리가 '그들의 역사인 성경을 보며,
그들의 삶, 그들의 풍습을 듣고,
그들의 신의 명령을 본받고
지키며 살아야 하는지 알 수 없다'고 말한다.

이렇게 말할 수 있다.
이스라엘의 하나님을 믿는 것이 아니라
이스라엘 민족의 기원을 부르신 하나님을 믿는 것이라고-
이스라엘이라는 나라의 탄생이전에 하나님은 '아브람'
한 사람을 택하여 부르셨다. 곧 "아브라함"을 택하여 부르신
하나님의 뜻을 이해해야 한다.

하나님은 세상에 많은 사람가운데서 한 사람
아브라함을 부르셔서 축복해 주셨다.
그리고 그에게 언약해 주셨다.
자식이 없었던 아브라함에게
아들을 주겠노라고 약속해 주신 것이다.

그러나 그 약속은 무려 25년이 지나서야 이루어졌는데
그 때 아브라함의 나이 100세.
그의 아내 사라는 90세였다.
인간의 상식을 초월하는 것이 신(God)아니던가?
두 사람사이에서 태어난 언약의 아들이 이삭이다.
또한 이삭을 통해 야곱을 주셨는데
이 야곱의 이름을 하나님께서
'이스라엘'이라고 바꾸어주셨고
야곱의 12아들은 이스라엘 민족을 구성하는
12지파의 기원(起源)이 되었다.

이렇듯 이스라엘의 하나님을 신앙해야 하는 이유가
한 사람, 믿음에 사람 아브라함으로 인해
시작되었음을 기억해야 한다.

나아가, 이스라엘민족을 통해 '메시아'(히),
'그리스도'(헬, 기름부음을 받은 자)를 예언했던
예언자들의 예언은 '예수'의 탄생으로 성취되었다는 점이다.

하나님은 아브라함 한 사람을 부르셨지만,
아브라함을 통해 이스라엘이라는
민족을 형성하게 하시고,
그 민족가운데 예언되었던 메시아를 보내심으로
궁극적으로는 '그리스도, 구세주'를 통한 인류구원의
길을 만들어 가시는 섭리가 숨겨져 있음을 알 수 있다.

우리가 믿는 하나님은
이스라엘의 하나님을 믿는 것이 아니라
인류를 구속하시는 구원자 하나님을 믿는 것이다.

무덤의 3일

2000년 전 유대 땅 예루살렘의 법정에
나사렛 출신 예수께서 서 계셨다.
대제사장들의 고발에 본디오 빌라도
로마총독 앞에서 심문을 받는
예수님의 죄명은 "신성모독"이었다.
자신을 메시아, 나아가 하나님의 아들이라고
한 이유가 죄가 된다하여
고소 받고 심문을 받는다.

일곱 번 이어지는 심판에서
결국 사형을 언도받으셨고, 십자가를 지셨다.
피와 물을 다 쏟으신 주님은
자신이 가야할 길을 완수하신 것이다.
죽음 후 무덤에 예수, 그리고 3일,
무덤의 3일은 흑암이다. 사망이다.
단절을 의미한다. 생명이 없다.

암담한 것은 하나님도 어찌할 수 없는
3일간의 흑암이다.

우리의 삶에 흑암에 때가 있다.
고통과 신음하며 눈물짓는 때가 있다.
이때를 이기지 못해 극단(極端)을 선택하는 자들도 많다.

3일의 흑암은 우리를 성숙케 한다.
3일의 흑암은 부활을 위한
피할 수 없는 과정임을 기억해야 한다.
3일의 흑암은 부활하여
찬란한 옷을 입혀 영원한 천국으로 이끌어 올리시려는
하나님의 뜻이 담긴 시간임을 기억해야 한다.
그렇다면 우리에게 흑암은 더 이상 흑암이 아니다.
흑암 후에 나타날 영광과 일에 대해
소망하는 것이 현명 한 자의 삶이다.

기독교 세계관

중세 르네상스가 낳은 열매는 '이성'이다.
가톨릭의 절대 신앙을 배격하고
인본주의, 인도주의를 통한
인간이성회복이후 인류는 지식의
제국을 건설했다.

그리고 교회와 세상, 공과 사, 사실과 가치라는
상, 하의 이분법적 사고를 고착화했다.

그 결과, 기독교는 이분법적 사고에 의해
공적, 사실적 자리에서 밀려나 종교적 신념으로
치부되기에 이르렀다.

기독교 본래의 모습, 기독교세계관의 가르침은
"땅을 정복하라"(창1:28)는 통합적 세계관을
실행해야 할 사명이 있음을 선언한다.

그리스도인이란, 가정, 이웃, 학교, 직장, 사회 속에서
즉, 모든 영역에서 그리스도인으로 살아가야 함을 말한다.

한 사람, 한 사람 그리스도인이
통합적 세계관을 실행할 때
하나님의 나라는 구체적인 모습으로 실현 될 것이다.

몸 Body

생명이 무엇인지는 알 수 없다.

그러나 무엇을 하고 있는지는 알고 있다.

1. 호흡한다.(신진대사)
2. 생각하고 반응한다.
3. 번식한다.(재생산을 위해 필요한 것)
4. 성장한다.

이상 네 가지가 작용하는 것이 있는데 인간의 몸이다.

cell(세포)-DNA(유전자)-Amino(20종류)-protein(10만 가지종류, 단백질)등의 구성요소로 되어 있다.

이 가운데 한 가지만 잘못 되도

이상이 생기는 것이 인간의 몸이다.

Cell(세포) 하나의 크기는 0.000005mm라고 한다.

그런데 0.000005mm 크기의 세포 안에

2m가 되는 DNA 하나가 각각 들어있다고 한다.

인간의 몸은 0.000005mm 의 세포가

100조개가 합쳐져 이루어진 것이다.

인간의 심장은 평생 25억 번 정도 뛴다.

그러나 한 번도, 단 한 번도 변동이 있어서는 안 된다.

인간의 DNA가 형성이 되려면
단백질(protein)70종류를 필요로 한다.
즉 단백질과 DNA와 아미노산이
세포로서 조직되어 있어야
세포로서 올바른 기능을 할 수 있는 것이다.

인간의 몸은 표현되기 힘들만큼
오묘하고, 정밀하며, 치밀하기까지 하다.

그런데 이 오묘한 인간의 몸에 대해
우연이라고, 진화라고 말하는 진화론자들이 있다.
모든 결과에는 원인이 있는 것을 우리는 배워서 안다.
이 사실을 알면서도 진화론에 대해서만은
'원인 없는 결과', '우연'이라고 주장하고 있다.

한국 대학생 선교회(CCC)의 창설자
김준곤 목사는 이렇게 말했다.
"마귀의 승리는 진화론의 정책이다"라고 말이다.

과학자들이 인정한바 모든 생명체가 존재하기 위해서는
세포가 그 첫 시작이 되었고, 또 되어야 하는데
이 세포는 제 1 원인이 없으면 불가능하다고 말한다.

곧 제 1 원인에 의해 만들어지지 않으면
탄생할 수 없는 것이 세포(Cell)라는 것이다.

제 1 원인(原因)!

제 1 원인原因

모든 생명체가 존재하기 위해서는
생명체의 시작이 되는 기초이자,
최소단위가 되는 세포(Cell)가 필요하다.
문제는 앞에서 말했던 그대로
세포가 존재하기 위해서는
제 1 원인이 있어야만 한다는 점이다.
스스로 생성될 수 없는 것이 세포이고, 때문에
누군가에 의해서 만들어져야만 가능하다고 보았다.
세포, 곧 생명의 기원에 관한 견해는 두 가지이다.
진화론과 창조론이 그것이다.

진화론은 빅뱅, 곧 대 폭발을 통해
태양계가 존재하게 되었고,
생명의 기초단위, 최소단위가 되는
세포에 대해서는'우연(偶然)'이라고 주장했다.
제 1 원인이 있어야만 세포가 존재할 수 있다는
과학자들의 주장에 대해 제 1 원인은 '우연'이라고
주장하는 것이 진화론의 이론이다.
그들의 이론은 말 그대로 이론일 뿐이다.

증명되지 않았고, 발견되지 않았기에 현실성이 없다.
구체적인 표현으로, 답을 제시하지 못하는 것이
진화론이다.

과학자들이 주장하는 제 1원인에 대한
창조론의 주장은 제 1원인은 "하나님"이라고 주장한다.
이유는 성경이 창조를 말씀하고 있기 때문이다.
식물, 동물, 가축, 짐승, 그리고 사람, 모든 생명체를
하나님께서 직접 만드셨다고 성경은 증언하는데
기독교의 신앙은 경전, 곧 성경을 더하지도 않고
빼지도 않는 있는 그대로만 믿는다.
우리가 경험한바 기독교의 성경은 온 인류와
우리 사는 세상의 현상에 대해
가장 이상적인 답을 제시하고,
나아갈 방향에 대해 가장 적절하게
대응해 주고 있음을 부인할 수 없다.

고고학자들도
하나님을 인정하는 세상을 살고 있다.
아무리 땅을 파 엎고 뒤집어보아도
진화론을 뒷받침할 만한
화석이나 증거물이 없기 때문이다.
오히려 성경의 모든 내용을 뒷받침하는
증거물만 넘쳐날 뿐이다.

"하나님이 자기 형상 곧 하나님의 형상대로
사람을 창조하시되 남자와 여자를 창조하시고"
(창세기 1:27)

별

지구를 끝없이 펼쳐진 하나의 들판이라고 말한다면,
그 들판을 품은 거대한 틀은 우주이다.

우주의 끝은 한 인간으로서는, 그리고 어떤
우수한 과학문명이 탄생한다 해도
다녀올 수 없는 거리가 우주의 넓이이다.

우주 안에 인간이 발견한 별의 수는 일천억 개
곱하기 일천억 개라고 한다. 표현이 그렇다.
쉽게 말하면 지구에 있는 모래의 수와
먼지의 수를 합한 수가 별의 수라고 한다.

광대하고 끝없는 우주 안에 형성된
별들이 질서정연하게 자리하고
그 빛을 드러내고 있는 자태를 보며 그것을
우연(偶然)이라 말하기에는 너무도 상식적이지
못하고 진화라 말하기에는 비합리적이다.

하나님의 능력은 무한하고 끝이 없다.

본분

지혜자 솔로몬은 부귀영화와 하나님의 사랑을
한 평생 받은 복 있는 자였다.
왕의 영광, 금은보화로 치장한 일상,
측정불가 한 매일 식사, 1천명의 아내,
이웃나라 왕들의 자발적 순종,
박학다식(博學多識)한 지식과 지혜.
하루도 쉬지 않는 잔치…
그러나 그는 전도서의 시작을 이렇게 시작한다.

"헛되고 헛되며 헛되고 헛되니 모든 것이 헛되도다."

허무를 이야기하는 저자의 의도인가?
그것보다는 자기 자신의 삶에 대해,
내면의 진정한 자아를 찾은 것에
기인(起因)한다고 봐야 한다.

스승이 제자에게 물었다.
* 자네는 왜 그렇게 공부를 열심히 하는가? – 대답
* 자네가 졸업을 한 후에는 무엇을 할 것인가? – 대답

* 그러면 결혼을 한 후에는 무엇을 할 것인가? – 대답
* 자녀를 낳은 후에는? –짜증을 내며 대답
* 행복하게 산 후에는? – 대답
* 늙은 후에는? – 대답

"자네는 죽기위해 인생에 열중하고 있음을 몰랐는가?"

솔로몬은 짧은 인생 의미 있는 삶을 소개하려고
먼저 허무한 삶을 고발한 것이다.
솔로몬은 전도서의 마지막 말을 이렇게 끝맺는다.
"일의 결국을 들었으니 하나님을 경외하고 그 명령을 지킬지어다. 이것이 '모든 사람'의 본분이니라"(전도서12장 13절)

크리스찬만의 본분이 아니다.
모든 사람의 본분이다.

먼지

기독교 메시지의 초성(初聲)은 창조이다. (창1:1)
사람은 전무후무하게 하나님의 형상을 따라 지음 받은
영적존재이지만 흙으로 지음 받은 사실은
인간의 연약함을 대변한다. (창2:7상)

문제는 이 연약한 몸이 땅으로 돌아가고
긴 세월 지나 먼지가(시103:14)된다 해도
먼지 가운데에서 다시 일어나리라고
성경이 말씀한다는 점이다.

"땅의 티끌가운데에서 자는 자 중에서
많은 사람이 깨어나 영생을 받는 자도 있겠고. (단12:2)"

죽음은 인생의 끝이 아니다.
티끌이 되어 잠시 자는 것뿐이다.
인간이 불멸일 수밖에 없는 이유는
인간의 생명이 하나님의 생기를(창2:7하)
나누어 가진 유일한 창조물이기 때문이다.

인간은 먼지(흙)에서 와서 먼지(흙)로 돌아간다.
(시104:29)
그 후, 때가되면 예수님의 재림의 날에는
세계의 모든 민족, 죽음을 경험한 후 먼지가 되어
잠자던 자들이 모두 일어나 부활하여(고전15장)
영생의 존재로 살게 될 것이다.
먼지임에도 불구하고 말이다.

티끌로 인간을 만드신 하나님을 바라보는 것이
믿음이다. 믿고 영생하자. 천국에서.

씨앗

가을. 만물이 결실을 이루어간다.
들판의 곡식과 밭의 작물들이 소리 없이 열매를 낸다.

기쁨의 수확 후 농부는 다음해를 꿈꾼다.
그리고 벼의 씨앗을, 밀과 보리 등 갖가지 씨앗을 남긴다.

다음 해 농부의 씨앗은 여전히
논에서, 밭에서, 심겨진 그 자리에서
다시 싹을 내고 줄기를 내고 가지를 내어
새 생명을 탄생시키고 결실한다.

인간의 몸도 이와 같다.
육신의 몸을 심어 신령한 몸으로 부활한다.
농부의 씨앗을 땅에 묻어 열매를 맺듯
사람의 육신을 땅에 묻어 영생을 거둔다.

사망! 죽음을 영생의 문(門)이라 하면
사람의 육신은 부활의 씨앗이다.

부활

기독교는 부활의 종교다.
부활이 없는 기독교는 아무 의미가 없다.
부활이 무엇인가? 영과 몸이 다시 사는 것이다.
예수님은 부활의 첫 열매이다.
누구도 부활한자 없었던 때 처음으로
죽은 자 가운데서 부활하셔서
잠자는 자들의 첫 열매가 되셨다.

1. 완전한 영과 육으로 부활

예수께서 십자가에 못 박혀 죽으신 때 무덤 속에
예수의 시체에 향유를 부으러갔던 여인들은 예수님의
시체가 없어져 울고 있었다.
(요한복음20장13절) 부활하셔서 다시사신 예수님이
이 여인들에게 처음으로 보이셨고,
이들은 부활의 첫 증인이 되었다.

부활한 몸은 어떻게 나타날까?
부활 후 제자들에게 자신을 보이시며 말씀하신 예수님의

표현을 보면

“내 손과 발을 보고(세 개의 못) 나인 줄 알라 또 나를 만져 보라 영은 살과 뼈가 없으되 너희 보는 바와 같이 나는 있느니라.”(누가복음24장39절)고 말씀하셨다.

또 한 곳의 성경은

“여기 무슨 먹을 것이 있느냐 하시니 이에 구운 생선을 드리매 받으사 그 앞에서 잡수시더라”(누가복음24장41절 하-43절)라고 말씀하고 있다.

이것은 부활의 몸은 영과 육이 온전히 살아나

영원한 존재로서 완전한 영과 육을 지닌 존재를 의미하는 것이다.

무덤에서 일어나 부활하신 예수님이 제자들에게

찾아왔을 때는 제자들이 두려워서 문을 잠그고 있었다.

“모인 곳의 문들을 닫았더니”(요한20:19)

그런데, 잠겨 진 문이 열리지도 않은 상태에서

제자들에게 자신을 보이셨다는 점이다.

곧 육신의 몸을 갖고 닫힌 문을 통과했다는 것이다

이는 신령한 몸으로 부활하신 예수님의 몸이

인간의 현재의 몸과는 다른

예수님이 인간으로 있을 때의 몸과는 다른

영의 몸으로 부활하셨다는 증거이다

다시 말해서 영생의 몸을 입으셨다는 것이다.

고린도전서의 말씀을 보면 "육의 몸으로 심고 신령한 몸으로 다시 사나니 육의 몸이 있은즉 또 신령한 몸이 있느니라."(고린도전서 15장 44절)

이어 고린도전서 15장 52절에서 53절 말씀은 이렇게 말씀한다.

"나팔소리가 나매(예수님의 재림) 죽은 자들이 썩지 아니할 것으로 다시살고 우리도 변화하리라. 이 썩을 것이 불가불 썩지 아니할 것을 입겠고 이 죽을 것이 죽지 아니함을 입으리로다."

부활은 우리가 현재살고 있는 이 몸에서 시작한다는 것이다.
이 몸이 죽어 부활 할 때는 하나의 씨앗의 기능을 발휘하여
옛 몸을 통해 새 몸이 입혀진다는 것이다.

2. 사라진 육신도 부활

한 가지 의문이 제기 될 수 있는 요지는,
죽은 예수님의 몸은 무덤에 존재해 있었기에
부활이 가능했는데 몸이 썩어 사라진 육에 대한
부활에 대해 의문이 있을 수 있다. 사라진 육신!
즉 짐승에게 잡혀 먹힌 육신도 있고, 썩을 때로 썩어
먼지가 된 육신도 있고, 찾지 못해
무덤조차 없는 육신도 있다.
이들의 몸은 부활가능한가?

그러나 성경 요한계시록은 이 모든 궁금증을 해결한다.

"행위를 따라 책들에 기록된 대로 심판을 받으니 바다가 그 가운데서 죽은 자들을 내어주고 또 사망과 음부도 그 가운데서 죽은 자들을 내어주매 각 사람이 자기의 행위대로 심판을 받고"(요한계시록20장12절하반절-13절)라고 말씀한다.

먼지가 된 몸이라도 다시 완성되어 부활하는 것이다.
그것은 인간에 생명의 근원이
하나님의 생기(창세기2장7절)로 말미암은
영원한 존재이기에 그렇다.
인간이 영원한 존재가 아니라
하나님의 생기가 영원한 것이다.

인간과 짐승은 다르다.
인간은 영적존재로서 장차 부활하게 된다.

심판대

인간은 다양한 마스크를 쓰고 산다고 한다.
아무리 훌륭한 성인군자라도
자기 자신도 모르는 사이에
드러내지 않고 감추려는 마스크도 있다고 한다.

한 인간 안에 여러 개의 마스크만큼이나
인간은 다양한 인생을 산다.

명예로운 자와 평범한 자,
권력자와 다스림을 받는 자,
가진 자와 못가진 자.

어떤 인생을 살았든 인생의 끝은 죽음이고
죽음이후에는 모두가 하나님의
심판대 앞에 서야 함이 인간의 삶이다.

누구도 심판대를 피할 수는 없다.

그날에 은신처를 찾아도 찾지 못할 것이요,

숨을 만한 숲을 찾아도, 바위틈을
찾아도 찾지 못할 것이다.
모든 인간은 하나님의 심판대 앞에 서야한다.

천국과 지옥

기독교의 내세관은 천국과 지옥 단 두 가지로 구분한다.
단호할지는 모르지만 그 어떤 중간지대는 없다.

신약성경 요한복음의 저자 사도요한은
예수님의 12제자 중 유일하게 핍박으로 인한
순교를 당하지 않고 마지막까지 삶을 살았던 자이다.
특별히 그의 말년에 삶은 밧모섬에 유배되어 살게 되는데
요한은 이곳에서 계시를 통해 말세에 일어날 일과
천국과 지옥에 대한 계시를 받고 기록을 하게 된다.
그것이 성경의 마지막 책인 요한 계시록이다.

그렇다면 천국은 어떤 곳이고 지옥은 어떤 곳인가?

1. 천국과 지옥

– 천국

요한계시록에 나타난 천국은 다음과 같다.
"모든 눈물을 그 눈에서 씻기시매 다시 사망이 없고
애통하는 것이나 곡하는 것이나 아픈 것이 다시 있지 아니

하리니 처음 것들이 다 지나갔음 이러라"(계시록21장 4절)

"하나님의 영광이 있으매 그 성의 빛이 지극히 귀한 보석 같고 벽옥과 수정 같이 맑더라"(11절)

"동편에 세문, 북편에 세문, 남편에 세문, 서편에 세문이니"(13절)

"그 성곽은 벽옥으로 쌓였고 그 성은 정금인데 맑은 유리 같더라 그 성의 성곽의 기초석은 각색 보석으로 꾸몄는데 첫째 기초석은 벽옥이요 …… 열둘째는 자정이라 그 열두 문은 열두 진주니 문마다 한 진주요 성의 길은 맑은 유리 같은 정금이더라 성안에 성전을 내가 보지 못하였으니 이는 주 하나님 곧 전능하신 이와 및 어린 양이 그 성전이심이라 그 성은 해나 달의 비췸이 쓸데없으니 이는 하나님의 영광이 비취고 어린 양이 그 등이 되심이라"(18절-23절)

"성문들을 낮에 도무지 닫지 아니하리니 거기는 밤이 없음이라"(25절)

"저희가 세세토록 왕 노릇 하리로다"(22장5절)

더 이상 고통과 신음이 없는, 눈물 없는 곳, 완전하고,
찬란한 빛 가운데 거하며 영원히 하나님을 찬송하고,
보석으로 빛나는 성, 기쁨가운데 살아 갈 곳이 천국이다.

– 지옥

예수께서 언급하신 지옥에 관한 내용은 다음과 같다.

"거기는 구더기고 죽지 않고 불도 꺼지지 아니하느니라 사

람마다 불로서 소금 치듯 함을 받으리라"(마가복음9장 48절-49절)

다시 계시록으로 가서 보면 "불과 유황으로 타는 못"(계시록21장8절하)이라고 표현한다.

두렵지만 한마디로 표현하면
영원히 불 가운데서 고통 받고 신음하며
괴로워할 수밖에 없는 곳이 지옥이라는 것이다.

2. 천국 길과 지옥 길

심판을 위해 준비된 것은 하나님의 손에 생명록과 행위록(계시록20:12)
두 개의 책이 있는데 행위를 따라 심판을 받되
생명책에 이름이 기록되지 못한 자들은
영원한 불 못에 던지우게 된다.

- 천국에 입성할 자

오직 성경이 말하는 것은 단 한 가지이다.
타락한 인간이 화목제물 되신 예수그리스도의
보혈의 공로를 힘입어 죄 사함을 받고, 구원받아
영원한 천국 백성이 되는 것을 말한다.
그렇다면 이 천국에 입성할 자 누구인가?

"하나님이 세상을 이처럼 사랑하사 독생자를 주셨으니 이는 저를 믿는 자마다 멸망치 않고 영생을 얻게 하려 함이니

라"(요한복음3장16절)

"주 예수를 믿으라 그리하면 너와 네 집이 구원을 얻으리라"(사도행전16:31)

"누구든지 주의 이름을 부르는 자는 구원을 얻으리라"(로마서 10장 13절)

"영접하는 자 곧 그 이름을 믿는 자들에게는 하나님의 자녀가 되는 권세를 주셨으니(요한복음 1장 12절)

예수께서 십자가에서 못 박혀 죽으신 것은
"나"를 위해서였다. 이것을 믿는 것이 "기독교 신앙"이다.
신앙은 이해가 아니라 믿음이다.
그러므로 기독교신앙은 머리가 아니라 가슴에서 시작한다.

– 지옥에 들어갈 자

"그러나 두려워하는 자들과 믿지 아니하는 자들과 흉악한 자들과 살인자들과 행음자들과 술객들과 우상숭배자들과 모든 거짓말하는 자들은 불과 유황으로 타는 못에 참예하리니 이것이 둘째 사망이라"(계시록21장8절)

"개들과 술객들과 행음 자들과 살인자들과 우상 숭배자들과 및 거짓말을 좋아하며 지어 내는 자마다 성 밖에 있으리라"(계시록22장15절)

문제는 생명록에 이름이 새겨져 있느냐
그렇지 못하냐의 문제이다.
예수를 구세주로 영접하면 세례를 통한 죄 사함과 예수 그리스도와의 연합을 통해 거룩한 하나님의 백성이 되는 것이다.
이 세상에서 완전한 인간은 없다. 다만 성화를 이루어가는 것이 신앙의 여정인 것이다.

인간은 유한하다. 그러나 하나님의 형상으로 지음 받고
하나님의 생기(창세기2:7)를 받은 인간의 영혼은
영원한 존재라는 사실을 믿어야한다.
기독교가 말하는 "영생"이라는 표현은 다시 생각할 필요가 있다.
즉, 믿는 자만이 영생하는 것이 아니다.
모든 인간은 영생한다.
그러나 어디서 영생하느냐가 문제인 것이다.
하나님은 인간의 죄의 문제를 해결하시기 위해 하나 뿐인
독생자 예수를 십자가에서 화목제물 삼아
구원을 이루신 분이다.
하나님께서도 타락한 세상을 구원하시기 위해서
값비싼 대가를 지불하셨다는 것이다.
망설임 없이 예수를 구주로 믿어
영원한 천국백성이 되기를 바란다.
어떤 죄이든, 그 어떤 죄이든
예수의 피는 우리를 새롭게 한다.
"천국과 지옥은 존재한다."

B.C & A.D

오늘날 역사학자뿐만 아니라 인류가 공통으로
사용하는 연대표기는 B.C 와 A.D 약어이다.

그러나 처음부터 B.C 와 A.D로 표기했던 것은 아니었다.
일련의 일이 발단이 되어, 한 단어에서
시작하여 시대를 구분하는 표기가 되었다.

525년(A.D) 디오니시우스 엑시구스라는 사람은
부활절을 즈음하여 하나의 칼럼을 작성하게 된다.
자신의 글 "부활절의 書"라는 제목의 글이었다.
이 글에서 엑시구스는 Anno Domini(아노 도미니)라는
말을 사용했는데 이 글이 발단이 되어 Anno Domini의
앞 글자를 따서 사용한 것이 서기대의 표기가 된 것이다.
A.D 와 B.C 라는 서기표기를 따르면 예수님은
B.C 4년에 출생하신 분이다. 다시 말하면
예수님 출생이후 529년이 지나도록
여전히 서기표기법은 없었던 것이다.

Anno Domini의 뜻은 "주의 해"라는 말이다.

B.C 약어의 원어는 "before Christ"
그리스도 이전이라는 것을 우리는 안다.

인류 역사의 중심에는 항상 기독교가 있었다.
그리고 기독교의 핵심이 되는 예수는 인류역사를
B.C 와 A.D로 나누어 오늘에 이르게 한 분이다.
역사의 주인은 하나님이다.

사도신경

"전능하사 천지를 만드신 하나님 아버지를 내가 믿사오며 그 외아들 우리 주 예수그리스도를 믿사오니 이는 성령으로 잉태하사 동정녀 마리아에게 나시고 본디오 빌라도에게 고난을 받으사 십자가에 못 박혀 죽으시고 장사한지 사흘 만에 죽은 자 가운데서 다시 살아나시며 하늘에 오르사 전능하신 하나님우편에 앉아 계시다가 저리로서 산자와 죽은 자를 심판하러 오시리라. 성령을 믿사오며, 거룩한 공회와, 성도가 서로 교통하는 것과, 죄를 사하여 주시는 것과, 몸이 다시 사는 것과, 영원히 사는 것을 믿사옵나이다." -아멘-

12제자, 사도에 의한 사도신경이 아니다.
사도신경의 완성은 특정인이 아니라,
A.D 150년경 로마에서 이루어진 것으로
신앙의 고백서이다.
당시 영지주의를 비롯한 이단 사상이 난무했었는데,
어떤 것은 그리스도의 십자가사건과 죽으심,
부활에 대해 환영이라고 주장하는 이단도 있었다.

이단 사상을 배격하고 정통신앙을 확립하여

신앙을 수호하고자
하나의 신조로 채택하게 되었던 것이 사도신경이다.
이 고백문을 통해 그리스도를 부인하는 이단과
정통신앙인을 구분하는 표지가 되었다.

주기도문

하늘에 계신
우리아버지여
이름이 거룩히 여김을
받으시오며

나라에 임하옵시며
뜻이 하늘에서 이룬 것 같이
땅에 서도 이루어지이다.

오늘 날 우리에게
일용할 양식을 주옵시고
우리가 우리에게 죄지은 자를
사하여 준 것 같이
우리의 죄를 사하여 주옵시고
우리를 시험에 들게 하지 마옵시고
다만 악에서 구하옵소서
대게 나라와 권세와 영광이
아버지께 영원히 있사옵나이다. –아멘–

예수님께서 "너희는 이렇게 기도하라"말씀하시며
친히 알려주신 모범적인 기도문이다.
(마태복음6장9절-13절)

2 장

길 위에서

"주의 말씀은 내 발에 등이요
내 길에 빛이니이다."

시편 119장 105절

생명의 밥

우리는 몸을 위해 하루 밥 세끼를 놓치지 않고 먹는다.
밥을 먹어도 식사시간이 정해져 있는 것은
자신의 생활리듬에 맞게 몸과의 약속을 지키기 위함이다.

밥을 먹는 일에 있어서 아침에 비가 온다고,
점심때 눈보라가 내린다고, 저녁때 태풍이 몰려왔다고 해서
밥을 먹지 않는 사람은 없다.
심지어 사람이 죽어 장례를 치르는 장례식장에
가보면 영정을 앞에 두고 밥을 먹는 것이 인간이다.
몸이 병들어 침상에 누워 밥을 먹을 수 없을 때조차
밥 대신 죽이라도 먹는 것이 인간의 식습관이다.
더욱이 자신의 자녀가 밥을 먹지 않겠다는
선언을 하면 부모는 사색(死色)이 되지 않던가?
그것은 '나 죽으렵니다.' 하는 뜻이기 때문이다.

예수님께서는 육신의 건강과 생명을 위해 밥이 필요한 것과
일반으로 영원한 생명, 즉 영(靈)과 혼(魂)과 육(肉)을 위해
생명의 밥이 되신 자신이 필요하다고 친히 말씀하셨다.
(요6:35)

육신이 건강하면 모든 일에 의욕이 넘치는 것과 같이
영과 혼과 육신이 동시에 건강하게 지켜져야 한다는 말이다.

예수를 어떻게 먹는가? 먹을 수 있는가?
예수를 먹기 위한 방법은 기도와 말씀이다.
성경은 예수를 증언하는 경전이요,
기도는 예수를 만나는 시간이기에 그렇다.
육신의 건강과 평안을 위해 밥을 먹듯,
영과 혼과 육이 건강할 수 있는 방법을
아래 말씀이 증언한다.

"하나님의 말씀과 기도로 거룩하여짐이니라"(딤전4:5).

되새김

소의 위는 4개이다.
푸른 초장에서 유유히 풀을 뜯고 난 후
한가로이 앉아 하는 일이 있다.
먹이를 먹은 후 위에 저장되었던 풀을
다시 끌어내어 입에서 되새김질을 하는 것이다.

씹고, 씹고, 또 씹기를 거듭 반복한다.
곱도록 빻아진 음식은 다시 위로 보내지고
충분히 소화되지 못한 음식은 다시 입으로 보내져
소화 작용을 한다. 이것은 소의 본능이다.

영적 성장과 성숙을 위한
말씀묵상의 방법은 되새김질에 있다.
한번 읽고 접는 신문,
습관삼아 읽고 덮는 소설 읽듯
다가갈 수 없는 것이 묵상이다.

하루, 단 하나의 말씀을 붙잡고 읽고,
가슴에 새긴다. 그리고 행해야 할 일은

지속적으로, 계속해서, 꾸준히
되새김질을 하는 것이다. 새겨진 말씀을
꺼내어 입으로, 마음으로, 의지적으로
되새김질을 하는 것이다.
가루가 되도록.

결과는 만족한 은혜로,
풍족한 양식으로 채워질 것이다.

벌거벗은 채로

어느 덧 중년의 나이이다.
세월을 허비한 시간이
너무나 많은 듯 가슴 저미게 한다.

아침에 안개는 위풍당당함과 같이
한치 앞도 허락을 하지 않지만
해가 뜨면 곧 사라져 버리는,
허무하리만큼 쉬 사라져
버리고 만다.
시편기자는 이 아침안개를 빗대어
인간의 인생이 이와 같다고 말한다.

아무것도 가진 것 없이 왔기에
다시 벌거벗은 채로
하나님 앞에 서야하는 것이
인생임을 마음으로 느낀다.
샤워기 들고 거울에 잠시
나의 몸을 비춰본다.

정말 그렇게,
그렇게 하나님 앞에 서야하는 피조 된 인간!

세월을 아껴, 세월을 아껴 주께서 내게 맡기신
사명에 충성하는 일꾼되리라
한 번 다짐한다.

사람

1, 2차 세계대전으로
수많은 생명이 죽어갔다.
옆에 친구가 피를 흘리며
죽어가는 모습을 지켜볼 뿐이었다.

세계 각처에 전쟁, 테러, 살인, 재난
아무리 둘러보아도 신(神:하나님)은 없는 듯하다.
비참한 현실뿐이다.

'하나님은 어디에 계십니까!'
실재로 서구유럽에 많은 성도들의
하나님을 향한 부르짖음이 있었다.
그리고 더 이상 전쟁은 없어야 한다는
공감대를 형성하는 계기가 되었다
창조이후 신이 행한 일은 없는 듯하다.
그러나 하나님은 일하셨다.
다만, 대리자를 통해서만 일하셨다.

대. 리. 자.(代理者)

태초에 하나님은 자신을 대신하여
세상을 정복할 인간을 에덴에 세우셨다.
지금도 택한 백성들을 통해 일하고 계신다.

사람이 영생을 취할 거룩한 존재.
사람이 성숙하여 비견못할 신비한 존재인 것이다.

삶

돌, 바위, 나무뿌리, 자갈 그리고
절벽에서 떨어지는 물줄기는
자신의 몸이 부딪치고, 깨지고, 부서져서
산산이 조각나는 인고(忍苦)의 흐름이 있을 때
생명(生命)을 유지한다.

흐르는 물이 아픔과 고통을 만날 때
다시 태어나듯, 자신의 인생에
고난의 날, 더 성숙한 해가 된다.

물은 흘러야 산다.
인생도 고난이 있어야 성숙한다.

"고난당한 것이 내게 유익이라
이로 인해 내가 주의 율례를
배우게 되었나이다. (시편119:71)"

하나님과 상관없는 삶은
모두 완벽하여 평안할지는 모르지만,

사생아요 고아와 같은 인생이다.
인생의 날, 더 이상 낙이 없다고
말하기 전에 당신의 창조자를 만나기를
소원한다. 주님을 만나 고난의 삶이
펼쳐진다 해도, 그 길이 생명의 삶이라면.
주저함도, 후회함도 없는 감격의 삶이 될 것이다.

겟세마네

식사할 겨를도 없이(막:6:31)
갈릴리와 유대, 사마리아를
순례하신 예수님의 일상의 끝은
돌아갈 곳 없는 고아의 삶이었다.

겟세마네.

머리 둘 곳조차 없었던 주님이(눅9:58)
습관을 좇아 찾았던 곳이다.(눅22:39)
사역의 마침 후에 쉼을 얻고,
제자들과 함께 있어 대화하고,
사신 하나님과 깊이 교통하셨던 기도처.
하늘의 영광과 땅에 평강이 공존하는 처소.

피 방울과 같은 땀이 땅에 떨어지기까지
탄원하신 삶의 마지막 여정에도
주님은 겟세마네에 계셨다.(마26:36)

바울

나는 누구일까?

태어나면서부터 로마 시민권자였다.
난지 팔일 만에 할례를 받았으며 이스라엘 족속이요
가말리엘 문하에서 엄격한 교육을 받았고
베냐민지파요 히브리인중의 히브리인이요
율법으로는 바리새파인(人)이다.

초대 임금 사울의 후손인 명가문출신이며
나의 동족 중 여러 연갑자보다 유대교를
지나치게 믿어 조상의 유전(율법:장로의 유전)에
대하여 더욱 열심이 있었다.

스데반의 죽음을 당연하게 생각한 나에게
예수께서 나타나 사명을 허락하셨다.
저주받아 십자가에서 죽은 줄 알았던 그가
부활의 모습으로 나에게 보이셨던 것이다.

예수를 만난 뒤 나의 고백은 이렇게

변화되었다. "내게 유익하던 것을 해로여기고
배설물로 여긴다." 즉, 나는 신분, 지식, 신앙열정.
모두 배설물로 여기고 그리스도 안에서만
발견되기를 원했다. (빌3:7-9)

내가 묻고 싶다.
'내게 있는 모든 것을 배설물로
여기지 않는 한 내게 있어 그리스도
예수가 가장 고상한 존재가 될 수 있을까?'
나는 누구일까?

시간

영생이라는 말을 처음 이해한 순간
나의 첫 행동은 두려워서
있던 자리를 일어나 밖으로 뛰어 나감이었다.

그 이해의 시작은 내가 천국에
입성했다는 가상에서 시작했다.
영원한 천국 입성 후
십년,
백년,
천년,
만년,
십 만년,
백 만년.
순간 성경의 역사는 5천년이요,
모든 인생은 평균 80세,
길면 90인데, 아무리 천국이라도 어떻게 영원히?

그 두려움의 느낌은 정신이 빠져 나갈 것 같은 것이었다.
다시 말하면, 실신직전이었다.

이후로도 나는 여러 번 이 감정을 느껴야 했는데,
그 높은 이상에 짓눌릴 때마다 하나님의 능력 앞에
침몰하는 내 자신을 보았다.

그렇게 긴 세월이 흐른 뒤 영적의문에서 온 눌림을
벗어버릴 수 있었던 하나의 진리인 지식에 바탕 한
믿음은 "천국은 시간이 없다"라는 사실에 근거해서였다.

과학자들도 증언한바 빛의 속도로 가면 시간은
원점이다. 즉, 시간이 가지 않는 것이다.

"하나님은 빛"이라고 성경은 증언한다. (요일1:5)
천국의 주인이 빛이신 하나님이기에 시간이 없는 것이다.

"주께는 하루가 천년 같고 천년이 하루 같은
이 한 가지를 잊지 말라"(벧후3:8),
"주의 목전에는 천년이 지나간 어제 같으며
밤의 한 경점 같을 뿐임이니이다."(시90:4)

천국은 과거, 현재, 미래의 시간 없이 지금만 있다.
시간의 창조자는 하나님이다.

오늘

성경에서 가장 오래 산 사람은 므두셀라이다.
그는 969세를 살고 죽었다.
그런데 그의 기사를 기록한 창세기의 저자는
므두셀라에 대한 행적을 기록하지 않았다.
이유는 기록할 만한 행적이 없기 때문이다.
969년을 사는 동안 의미 있는
삶을 찾아 볼 수 없었던 것이다.

이에 반해서
예수님의 삶은 33여 년이었다.
특히 사역을 하신 햇수는 마지막 단 3년이다.
그런데 그 3년의 사역이 얼마나 강력하고도
의미 있는 삶을 사셨던지 복음서 기자들은
신바람 난 필치로 예수님의
사역과 삶을 소개한다.

므두셀라의 969년,
예수님의 3년 모두 하루하루가
모여 이루어진 삶이다.

하루를 어떻게 사느냐에 따라
삶은 차이가 나게 된다.
마귀의 가장 교묘한 무기는
'내일 하자'이다.
내일은 없다.
지금 이 순간만 있을 뿐이다.

"인간은 순간을 사는 존재이다."

은혜

하나님은 은혜를 베푸시는 분이다.
은혜는 한 여름 느끼는 갈증을 해소해주는 냉수이고
사막한가운데 누군가를 위해 흐르는
오아시스. 생명수이다.

은혜란 하나님을 아는 것이다.
즉, 근원을 찾는 것이다.
중세의 혼잡한 철학을 정리한 철학자 임마누엘 칸트는
인간을 세 가지로 정리하였다.
첫째, 무엇을 알 것인가?
둘째, 무엇을 할 것인가?
셋째, 무엇을 바랄 것인가?
바랄 것이 없을 땐 죽음과 같다고 선언한바 있다.
하나님을 앎으로 삶의 시각이 열리면
하나님의 영광을 위한 삶으로 헌신되며,
하나님이 허락한 은혜를 사모하는 심령이 된다.
그것을'복 있는 자'라고 한다.

은혜란, 자신을 아는 것이다.

즉, 생명을 찾는 것이다.
성경은 온 천하를 얻고도 제 목숨을 잃으면
무엇하리요 말씀한다. 자기 자신을 알지 못하기에
생명이 없고 건조한 인생을 산다.
하나님께 자신을 내어 놓으면 자신을 바로 볼 수 있다.
하나님께 비추어진 나의 정체는 초라하고 불쌍한 죄인,
더할 수도 없고, 뺄 수도 없는 사실이다.
현재의 내 모습을 바로 알면 새 생명이 주어진다.

은혜란, 삶을 아는 것이다.
즉, 가치를 찾는 것이다.
삶의 목적이 무엇인가에 따라
삶의 내용과 모습은 달라진다.
그리스도안에 있는 바울은 참가치를 위해
자신의 모든 것을 배설물로 여겼다.
그의 참 가치는 그리스도 예수였다.

은혜란, 하나님을 바라는 것이다.
우리의 인식가운데 큰 문제의 핵심은
받아야 복이 있다고 생각하는 개념이다.
은혜는 하나님을 찾는 그 행위자체가 되어야 한다.
그것이 은혜이다. 하나님을 바라고 앙망하는 인생,
그를 은혜의 사람이라고 한다.

정금

로마의 평화(Pax Romana)는
하루아침에 이루어지지 않았다.
만리장성은
수많은 희생과 고통의 산물이다.
거목(巨木)은
비바람, 폭풍우
냉혹한 폭설을 맞으며
나이테를 키워간다.

비전(계시)을 품으면
현실에 암담한
상황에 개의치 않는다.
오히려 냉엄한 삶을 즐기며
헤쳐 나간다.
그것은 나침반과 같은
꿈과 이상이 있기 때문이다.

오랜 기다림만이
비전을 성취한다.

로마의 평화와 같이
만리장성의 위엄 있는
자태와 같이
온갖 풍파를 이겨낸
거목과 같이.

하나님의 사람은 연단과
기다림 속에 정금된다.

배척排斥 1

요단강 건너편에서, 두로와 시돈에서
사마리아와 여리고, 갈릴리와 가버나움
예루살렘과 베다니….

오직 이스라엘의 잃어버린 양을 위해
보냄 받았기에 민족의 잃은 생명을
구원하는 구속역사를 진행했다.

가버나움의 중풍병자, 거라사인 지방의 귀신들린 자,
벳세다의 맹인, 귀신들려 벙어리 된 자,
절뚝발이, 벙어리, 문둥병자, 손 마른 자,
죽은 자를 살리고, 각색 병든 자를 치유하는 예수의 사역은
하나님의 나라가 실현되는 장이었다.
예수께서 계신 곳이 하나님의 나라였다.

그러나 이 모든 이유가 시기를 일구어 내는 동기가 되었다.
나아가, 시기(猜忌)는 분노가 되었고,
지도자들의 완고함은 자신들이 재판 전에 결정한
선고를 도출해 내기 위해 혈안이었다.

전날에 원수지간 이었던 사두개파 대제사장 무리와
민중의 지팡이와 같은 바리새파가 하나 되어
빌라도에게 '사형'이라는 흡족한? 판결을
도출해 냈을 때 그들은 그들의 함성과 함께 사라졌다.

예수님은 십자가에 못 박히셨다.

배척排斥 2

단에서 브엘세바까지
주의 나라와 복음을 선물하고
사랑과 인내로 섬겼다.
대가는 매와 채찍과
침 뱉음, 조롱, 그리고 버림당함이었다.

종교지도자,
'호산나 찬송하리로다 주의 이름으로 오시는이여'
찬송하며 따르던 무리,
가르치고 사랑했던 제자들,
그 분의 주위에는 아무도 없었다.

실패한 자, 하나님의 저주를 받아
나무에 달린 자, 그렇게 여겨졌다.

고통의 십자가 위,
그 분은 나직이 기도하셨다.
'아버지 저희를 사하여 주옵소서
자기의 하는 것을 알지 못함이니이다'(눅23:34)

모든 일을 지켜보던 백부장이 고백했다.

진실로 하나님의 아들이었도다(막15:39)

탄식

하나님!
옛적에 내 입에 찬송이 있었으나
이제는 침묵만이 흐릅니다.

옛적에 내 마음이 하나님을 위하더니
이제는 흑암만이 존재합니다.
옛적에 내 영혼이 기도하더니
이제는 죄악이 나를 대적합니다.

옛적에 내 손과 발이 주의 일에 힘을 썼으나
이제는 공허함만이 있습니다.
옛적에 내 삶에 감사가 넘쳤으나
이제는 탄식만 있습니다.

절망의 마음에 앞이 보이지 않습니다.
탄식이 나의 호흡이 되었습니다.
실패라는 고통이 숨을 쉴 수 없게 합니다.

근심이 나의 일상이 되었습니다.

위로 하늘을, 아래로 땅만 보고 삽니다.
아픔이 나의 영혼을 짓누릅니다.
슬픔이 나를 분노케 합니다.

하나님, 내 영혼을 건지시고 나를 구원하소서.
내게 무슨 의로운 행위를 찾지 마시고
어려서부터 허락하신 긍휼을 베푸소서.

표정

마음속이 어둠이다. 끝없이.
깊은 절망과 함께 고독이 밀려오고
그것이 더 깊은 어둠으로 안내하면
절망은 두려움이 된다.
그럼에도 여전히 눈을 뜨면 밀려오는 사실은
현재의 모든 것은 나의 삶이라는 것뿐이다.

여기서, 애써 표정을 고쳐먹는다.
마음속이 어둠이다. 끝없이.
그럼에도 얼굴엔 미소를 머금는다.

이것이 새로운 시작이 될 줄은 몰랐다.
마음은 우는데 얼굴엔 미소.
마음은 새파랗게 멍들고,
흑백사진처럼 시커머니 타 버렸지만,
그저 웃는다.

표정은 그의 마음이다.
마음이 슬픈 분명한 이유가 있어도

표정을 고치면 슬픈 마음도 사라지게 되는
마법 같은 현상은 삶을 통해서만 배울 수 있나보다.

어떤 삶의 한 가운데 있든지,
그것은 누구도 침범 못 할 나의 고유영역이다.
이미 내밀고 계신 주님의 손에
당신의 손을 내밀면 잡아 주실 것이다.

표정(表情) 고치고 일어서자.

다윗의 성공철학

다윗.

왕 중 왕으로 일컫는 다윗은
그 시대와 현재에 이르기까지
영향력을 행사한다.
그것은 그의 삶에 남다른 철학이
있었기 때문이다.

그는 전 생애적으로 하나님께 묻는 자였다.
자신의 경험과 상식을 초월하여 위를 보았다.
하나님께 묻고, 말씀하신 대로 행한
신행일치적(信行一致的)기도의 사람이다.

그는 하나님을 두려워하는 자였다.
'경외'를 의미한다. 성신(聖神:성령)이 떠나면
자신은 무의미한 존재임을 알았기에
경외함으로 계시된 이상을 현실에 반영한 영의 사람이다.

그는 인내하는 자였다.

지속적으로 추격해오는 사울왕의
덫과 창의 고난가운데 포기하지 않았다.
고난이 깊어지면 깊어질수록
하늘을 향한 탄식도 그러했다.
하나님을 신뢰(信賴)한 그의 나라는 견고한 '요새'가 되었다.

다윗은 성공한 언약백성이다.

냇가의 나무

계절을 만나는 나무는
약속을 이행함에 어긋남이 없다.

뿌리는 넉넉한 영양을 공급받고
줄기는 따스한 기운에 성장하고
잎은 뜨거운 햇살 받아 푸름옷을 입는다.
그리고 결실의 계절 열매로 약속을 이행한다.

어떤 나무가 사막한가운데, 멋진 정원에, 가로수로,
울창한 산림가운데 심겨지겠노라 자원했던가!
그 존재 자체는 누군가의 손에 의해
심겨지는 존재일 뿐이다.

우리의 삶이 주인의 손에 있어야 한다.
이를 위해 한 가지 행위만이 요구된다.
나를 '내어줌'이다.

심김을 위해 내어준 바 된 나무만이
사계(四季)의 색다른 삶의 여정 가운데

때마다 새로운 자태로 설 수 있고
멋있고 풍성한 옷과 열매를 입고 얻게 된다.

풍성한 결실이 있어 만족한 삶을 누리는
냇가의 나무는 주인의 뜻대로 심겨진
순종의 나무를 일컫는다.

내가 심겨져야 할 곳을 아는 분은 하나님뿐이다.
하나님만이 나를 올바로 아시기 때문이다.
"너희 행사를 여호와께 맡기라
그리하면 네가 경영하는 것이 이루어지리라"
(잠언16장 3절)

아버지

아버지의 마지막 순간을 지켜드리지 못한 죄는
가슴 한구석에 묻어 둔 나의 아픔이다.
더 많은 반찬을 올려드리지 못했고,
더 나은 삶의 환경을 제공해 드리지 못했기에
죄스런 마음뿐이다.
그렇게 아버지는 갑자기 내 곁을 떠나 가셨다.

평생 아버지에 대한 오해와 불만으로 얼룩진 인생이었다.
아버지의 뒤편에 있던 아버지의 인격과 삶은
내 안중에도 없었던 날들이
이제는 감당 못할 후회와 아픔으로 남아 있다.

아버지는 성실한 농부셨다. 농사에도 지혜가 있으시고
부지런 하셔서 많지 않은 땅이었지만, 매년 풍작을 이루어
소득을 많이 남기는 분이셨다.
"아니 어떻게 하길래 논에서 쌀이 많이 나옵니까?"
동네 아저씨의 한결같은 물음이었다.

아버지는 초등학교만 나오셨지만, 글을 잘 읽는 분이셨다.

군대도 60개월 가까이 상사로 근무하시다가
군에 남아 달라는 요청을 거부하시고 전역하신 분이다.
일제시대 강점기 때는 일본에 끌려가서
3년간 탄광에서 노역(奴役)을 하기도 했다.

아버지는 육십갑자를 다 외우시는 분이셨다.
내가 살던 고향은 면단위 소재의 섬이었는데,
내가 알기로 그 당시 육십갑자를 외우는 분은
그 섬에서 단 두 사람, 그 중 한 분이 내 아버지였다.

말 그대로 섬이었기에 당시에는 명절이 되면
배를 타고 들어가야 했다.
그런데 서해의 밀물과 썰물의 교차로 인해서
배의 운항 시간이 일정치가 않아
여간 불편한 것이 아니었다.
전화로 배 시간을 일일이 확인을 해야 했기 때문이다.
그러나 우리 형제는 문제가 되지 않았다.
해결은 아버지의 다섯 손가락이었다.
엄지손가락으로 각 손가락 마디마디를 몇 번 오가기만 하면
몇 시에 물이 들어오니까 시간 맞춰나가라고 말씀하신다.
아버지 말씀대로 배 터에 나가보면 물은 만조를 이루었고,
배는 마치 우리형제의 전용 패밀리호 인양
저 멀리 달려오는 모습을 볼 수 있었다.
그 순간만은 아버지를 천재라고 생각했었다.

내가 사는 동안 아버지에게 맞은 매는 0 대이다.
아버지는 내게 단 한 번의 매도 드신 적이 없다.
막내라서 그런지는 몰라도
아버지는 내게 손을 대신 적이 없다.
그리고 욕을 하신 때도 한 번도 없다.
그 자체만으로도 나는 아버지의 사랑을
독차지 했는지도 모른다.

5,000원짜리 운동화였지만
가장 좋은 신발인 줄 알고 신으셨고,
흔한 잠바, 바지만 입으셨지만 불평한 번 없으셨다.
여름에는 텃밭에서 난 각종 야채에
참기름, 고추장에 밥 비벼 드신 후
"아, 잘 먹었다. 참 꿀맛이다."
겨울에는 어머니가 끓여주시는 칼국수, 수제비에 맛있다며
어머니의 모든 음식에 감탄을 즐겨하신 분이었다.

그 아버지의 유골함을 받아 들었을 때,
나는 눈물만 흘리고 있었다.

아버지가 세상을 떠나신 후에도 우리형제는
병중에 계신 어머니께
아버지의 부고를 알려드리지 못했다.
슬픔도 있지만, 병의 악화를 우려한 처사였다.

결국 큰 누나의 입을 통해 아버지의 죽음을 전해 들으신 어머니는 한 동안 울음을 멈추지 않으셨다.
그렇게 가족은 아버지를 보내드렸다.

아버지는 그 존재 자체로 빛나는 것 같다.
왜냐하면 내 아버지이니까!
아무도 내 아버지를 대신할 수 없다.
"아버지 천국에서 뵙겠습니다."

어머니

어머니의 이름은 참 오묘하다.
그 분은 나를 존재하게 하신 분이다.
소리 없이, 자녀의 삶을 품으신 분이다.
눈물로 모진 삶을 품으셨다.
아무 말 없이, 일심으로 자녀 키우셨다.
가마솥 밥에 십자가를 그은 후 밥을 담는
그 분의 기도를 지금도 기억한다.

깊은 한숨은 또 하나의 주름을 만들고,
고개 떨구던 머리는 날로 희어간다.
모내고, 밭김매고, 밥하고, 빨래하고, 씻기고,
장사하던 손은 장사(壯士)의 손과 같이 크고 억세기만 하다.
20리, 30리 보따리 이고 걸어 다니며 장사하던 분의 발,
산을 넘고, 들판을 지나며 마을과 마을을 지나,
고향땅 곳곳을 누비며 장사하신 발과
종아리는 남정네의 다리와 같다.

때론, 고등어, 동태, 가자미, 조기, 바지락,
각종젓갈, 갈치, 오징어 냄새를 풍기고,

때론, 사과, 복숭아, 배, 포도로 과일의 냄새를 풍기고,
때론, 각종 옷가지들로 인해 옷 냄새를 풍기고,
때론, 마른 멸치의 냄새를 내었는데
이 냄새가 어머니의 향기이다.

자식모두 키워 출가시키고 이제 편안하려나 싶은데,
이제는 자식 잘 살아야 한다는 마음에 또 걱정하신다.
가지 많은 나무 바람 잘날 없다고 큰 아들, 작은 아들,
큰딸, 작은 딸, 사위, 며느리, 친손자, 외손자 걱정에
오늘도 고향땅에 어머니의 하루는
깊은 한 숨으로 마감한다.

새해에도 건강하소서.
곁에 있어주셔서 감사하고, 참 고맙습니다.

여인에게

지난 날 내 주변을 맴돌며 응답 없는 나의 반응에 초점을 흐트러뜨리지 않은 슬픈 여인, 그것이 당신이었습니다.

수화기 건너편의 당신, "꿈 꿨어요."
나의 대답은 아랑곳없이 벌써
꿈 이야기를 하고 있었던 당신이었습니다.
내가 배가 아파서 바닥에 데굴데굴 구르고 있었는데
그런 나를 본 당신이
얼른 새우와 굴을 넣은 죽을 만들었고
그 죽을 나에게 먹였다고 했어요.
그랬더니 바로 아픔을 잊고
일어나서는 당신에게 한 나의 행동을 계속 이야기 했어요.

내가 당신의 머리를 수도 없이 쓰다듬으면서 하는 말이
'고마워', '고마워'를 계속해서 반복 했다고 했어요.
당신은 내게, 얼마나 머리를 쓰다듬던지
대머리가 되는 줄 알았다고 말했어요.

사실은, 당신은 몰랐겠지만 나도 당신의 꿈을 꾸었습니다.

꿈에 당신의 아버지라고 하는 분이 나타나서
당신과의 만남을 허락했습니다.
나는 너무도 기뻤고 당신을 보고 싶은 마음에
당신을 찾았는데, 당신을 찾는 중에 꿈에서 깨어났습니다.

그런데 당신의 아버지라고 한 분은
당신의 아버지가 아니었습니다.
당신도 나도 알고 있는 지인이었어요.
의아해 했지만, 당신의 말이 생각이 났습니다.
당신은 그 분을 아버지처럼 여긴다고 한 말을 말입니다.
안타깝지만 당신은 아버지를 일찍 여의였어요.

긴 시간 침묵으로 일관했던 나의 무능과 무관심.
그 자체가 악한 마음의 생각이었습니다.
그 만큼 고통과 좌절을 맛보았을 당신에게
이제라도 미안한 마음을 전합니다. "미안해요"

당신에게 보낸 나의 문자와 전화가
당신에게 갔는지 모르겠어요.
지난 10년간 나는 당신만을 위한 통화를 시도했으니까요.
물론, 내게 만은 굳게 닫힌 전화기를 향해서 말입니다.
무례하고, 무모할 정도로 연락을 취했습니다.
그러나 응답은 단 한 번,
얼마 전 전화기 속 당신의 짧은 말이 전부였습니다.

끝없이 거부당하는 기분,
마치 내가 당신에게 그랬던 것처럼.
너무 고통스런 날들을 살고 있습니다.

하지만, 이제는 하나의 매듭을 짓고 싶습니다.
당신이 포기 하지 않는 이상 진정한 당신의 마음을
내가 알아야 하는 것 아닌가요?

그러나 이제는 내가 당신에게 갈 수 있는 길이 없어요.
내가 당신에게 갈 수 있는 길은 유일한 연락처가 전부인데
그 문은 굳게 닫혀 있고
내게는 그것 밖에 없다는 걸 당신이 알길 바래요.
다른 길은 없어요.
때문에 이제는 그 문에 두드림을 멈출 것입니다.

아직 나에 대한 마음이 조금이라도 있다면,
그래서 마주 앉아 지난 일에 대해
이야기하고 싶은 마음이 있다면,
나에게 연락해줘요. 어떤 방법으로든지.
그러나 마음이 전혀 없다면 그 의미로,
내게는 유일한 당신의 연락처를 닫아주세요.
그래서 하나의 매듭을 짓길 바래요.
함께 이든, 각자 이든.

어떻게 잊을 수 있나요.
어떻게 지울 수 있나요.

이제 당신의 전화를 기다릴게요.
지난 날 내 주변을 맴돌며
나의 반응에 초점을 맞추었던 당신처럼.

고향생각

어린 시절, 그 때를 생각하면
먼저 떠오르는 것은 산과 들이다.
그리고 그 생각이 안겨주는 것은 고향생각이다.
내 고향집은 뒤로는 작은 동산이,
앞쪽으로는 들판이 있는 전형적인 시골풍경이다.
밤이 되면 가로등 하나 없는 동네는
칠흑 같은 어둠이 내렸고,
밤하늘의 별만 빛나던 곳에서 자연의 이치를 따라 살던
사람들의 삶이 그곳에 있었다.
나는 그곳에서 자랐다.

시골에서 자란 사람이라면 누구나 그렇듯
내게도 촌구석에서 놀던 어린 시절이 있었다.
산에서 나무집을 짓고 전쟁놀이를 하고,
여름에는 물가에서 수영을 하며 하루를 보냈다.
겨울에는 얼어붙은 얼음위에서
아버지께서 만들어주신 썰매를 탔고,
나무로 만든 하키 채를 들고
아이스하키 시합을 하기도 했다.

문화의 혜택을 전혀 받지 못했던(지금도 그렇다고 볼 수 있지만) 당시로서는 사람자체가 놀이 기구였다.

무엇이든 해볼 만한 것은

직접 몸으로 실천했었던 시간들이었다.

가을, 산천은 무르익어 가고 들녘은 황금빛을 물들일 때

그 때의 시골은 냄새가 있다.

초등학교등하교 길은 꽃밭이었다.

4km 남짓 되는 거리를 걸어서 통학을 했는데,

비포장도로 양 길가로 뿌려진 코스모스는

매년 봄부터 피어나기를 어긴 적이 없다.

각종색깔을 드러낸 코스모스만 보면서 걸어도

꽃들이 길을 안내하고 학교와 집까지 데려다 줄 만큼

꽃길은 지속적으로 이어져 있었다.

도시에서는 찾아 볼 수 없는 길이

나의 초등학교 등하교 길이었다.

가을걷이가 끝난 논은 동네 소년들에게는 꿈의 무대였다.

볏짚을 묶어 세워 골대를 만들고 공을 차노라면

월드컵경기장 부럽지 않은 운동장이

동네 한 가운데 있는 논이었다.

멀리서 동네 어른들이 구경이라도 하게 되면

자신감과 열정은 상승효과를 여지없이 발휘한다.

비석치기, 만세놀이, 땅따먹기, 구슬치기, 딱지치기,
특히 오징어세지를 하는 날은
옷을 찢어먹는 일이 발생하곤 했다.
그렇게 하루가 끝나갈 때 집으로 돌아오는
산턱에서 발걸음을 멈추게 하는 것이 있다.
서쪽하늘 밑, 먼 산 끝자락에 걸쳐진 태양은 장관을 이룬다.
태양은 서쪽 녘과 바다를 붉게 물들여 놓는다.
화가가 그린 한 폭의 그림이라면 믿어질까,
산을 넘어 떨어지기 싫어하는 태양,
태양의 마지막 작렬함은 그 자체가 신비롭기까지 했다.

바다를 안고 있었던 나의 고향은
바다 바람이 매우 세차게 불던 곳이었다.
겨울, 어린 시절에는 눈이 얼마나 많이 내렸는지 모른다.
많이 내릴 때는 아버지 무릎높이 이상내리기도 했었고,
겨울의 온도는 영하20℃까지도 내려가는 날이 많았었다.
그 때에는 겨울이 겨울다웠다고 할 수 있다.
겨울방학이 되면 가슴을 설레게 하는 일이 있었다.
동네 형들은 어떻게 그런 일들을 생각했는지
내게 있어서 그 모든 일은 가슴 설레게 하는 일이었다.
동네 형(고등학교3학년까지)들과 어린아이들까지
모인 인원이 100여명은 되었다.(한동네에 남학생과 아이들)
형들은 그 모든 아이들을 모아놓고
겨울 미니 올림픽과 같은 경기를 열었던 것이다.

게임은 마을의 저수지, 얼어붙은 천연아이스링크에서 했다.
종목은 이런 것이다.

썰매타고 코스돌기(언제 눈을 모아 둑을 만들고 썰매가 달릴 자리를 닦아놓아 코스를 만들었는지 지금 동네 형들을 생각해도 기가 막히다) 썰매달리기, 얼음위에서 축구하기, 썰매 마라톤 등.

온통 동네 아이들의 마음을 휘어잡았던 겨울 미니 올림픽이었다.

단순히 놀이만 즐긴 것이 아니다.
형들은 노트와 갖가지 시상이 될 만한 물건을 구입하여
상품으로 주기도 했으니
게임에 임하는 형들과 아이들의 열정은 대단한 것이었다.

나의 미니올림픽 성적을 얼굴 표정으로
조금 심하게 표현한다면,
입이 댓발 튀어나온 얼굴이라 생각된다.
거기에 친형들은 '넌 도대체 뭐했냐'는 핀잔까지….
(늙어서 봅시다.)
아침에 설레게 했던 마음은 오간데 없고,
전쟁에서 패하고 돌아온 패잔병의 마음이랄까.
그 때는 같은 동네라는 이유 때문이었을까!
아니면 무엇이 그렇게 하나 되게 했는지,
형들은 동생들을 챙겨주었는데,
그것은 동네 동생이 곧 내 동생이었고,

동네 형이 곧 내 형이기도 했던 관계가
형성되었기에 가능했다.
서로에 대한 믿음이 있었고,
직접적인 표현과 말은 없었지만,
사랑이 있었다.

바람 불어 추운겨울 날,
형은 대나무와 창호지를 준비한다.
그리 많은 시간 들이지 않고
방패연과 가오리연을 만들어 냈다.
연을 들고 해안가 들판에 가면
이미 동네 아이들과 형들이 북새통을 이루고 있다.
그리고 저마다 자리를 잡고 연을 띄운다.
형들은 어디서인지 장작을 준비하여 불을 지핀다.
연을 날리다 추우면 불을 쬐고,
몸이 녹으면 다시 연날리기를 반복한다.
빨갛게 타고 남은 장작불 속에 감추었던
감자와 고구마가 나오는 순간
모든 연들은 일제히 하강한다.
그리고 감자와 고구마로 점심을 해결하는 동안
연들은 휴식한다.

그러나 그렇게 행복한 시간들은 왜 그렇게 빨리 지나갈까!
방학이 얼마 남지 않게 되자 어머니는 숙제검사를 하셨다.

그리고 그날 나는 없었다. 앞이 캄캄했다.
지금은 없는 것으로 안다.
방학이 되면 방학 동안에 공부하라고 나오는
탐구생활이라는 책자가 있었다.
그런데 그 책을 단 한 장 건들지도 않았을 뿐 아니라,
다른 방학숙제도 하나도 해놓지 않은 것이다.
방에 조용히 앉았다. 숙제 때문이다.
그러나 한계가 있었다.
일주일을 남겨두고 모든 과제를 다 한다는 것은
있을 수 없는 일이었다.
그 때쯤이면 포기할 것은 포기하고,
반드시 해야 할 과제에 목을 맨다.

공부를 못한 것과, 밖에서 놀기만 했던
방학생활에 대해 후회하느냐고 묻는다면,
전혀 아니라고 말하고 싶다. 아니라고.

그 소중한 어릴 적 삶을 지나 새로운 삶을
살게 했던 일이 내게 일어났다.
병을 앓게 되었다. 한 마디로 충격과 공포의 삶이었다.
그런데 나는 병중에 복음(福音)을 만날 수 있었다.
먼저 교회를 다니고 있었던 둘째형의 인도였다.
어쩌면 나의 형편이 선택에 여지가 없도록
궁지에 있었던 것 자체가 은혜였다고 할 수 있다.

하나님의 은혜로 하나님의 사람이 될 수 있었다.

고등학교1학년, 교회학교 교사가 되는 기적이 일어났다.
신앙생활한지 얼마 되지 않은 내가
가르친다는 것 자체가 모순이었지만 나는 기뻤다.
그런데 손에 성경은 있었지만 낯선 성경 말씀이
무엇을 말하는지 알 길이 없었다.
사정을 아셨을까, 사모님께서 교사들과 함께
공과공부를 하기로 결정하셨다. 토요일 선생님들이 모여
사모님의 지도를 받기 시작하였다.
사모님은 우리의 수준에 맞게
이해시키는 좋은 선생님이었다.
전도사님께 신앙의 기초를 잘 받았다면,
사모님께는 많은 사랑을 받았다.

그 즈음, 사모님은 내게 루이제린저의 '생의 한가운데'라는
문학서적을 선물해 주셨다.
감명 깊게 읽은 책이라고 하시며 건네주신
그 책을 읽는 것을 시작으로 나는 책을 사는
습관을 갖게 되었고 성경 8독 중이라고 말씀하실 때는
내게 큰 파장을 일으키며 큰 도전으로 다가오기도 했다.

커피이야기를 하자. 내가 즐겨 마시는 커피는 맥심이다.
하루 7, 8잔을 마시는 날도 있는데 그냥 커피가 맛이 있다.

커피를 즐겨마시게 된 사연이 있다.
고등학교 때 하루는 사모님이 집에 찾아오셨다.
해는 산을 넘어갔지만, 아직 어두움은 내리지 않은 때였다.
어머니와 잠시 말씀을 나누시더니,
들고 오셨던 봉투를 어머니께 건네주시며
이렇게 말씀하셨다.
"경호 커피 끓여주세요."
봉투 안에는 커피병과 프림, 그리고 설탕이 들어 있었다.
얼마 후에 알게 되었는데
토요일 성경 공부시간에 사모님이 타주신 커피를
너무나 맛있게 먹는 나의 모습을 보고
벌써부터 사 주려고 마음먹었었다고 하셨다.
그렇게 나는 일찍이 커피를 즐겨 마시는 사람이 되었다.

누구나 그렇겠지만, 고향은 마음에 있다.
오늘 나의 살던 고향이 많이 보고 싶어 기억을
소환하고 주섬주섬 써보았다.

인력시장

1. 육체노동

새벽 5시. 하루를 시작한다.
사철 모두 밖에서 일해야 하는 상황이
그들의 삶을 엿볼 수 있게 한다.
비, 눈보라, 안개, 맑은 날. 예외는 없다.

철근, 목수, 미장, 조적, 토목, 하스리,
설비, 잡부, 타일, 조경, 곰방, 보일러,
페인트, 인테리어, 철거, 샷시, 경량철골….

어떤 일을 만나든 짧게는 10년 혹은 20년 넘은
숙련 된 이들에게 일은 단순하다.
그러나 하루 온종일 땀을 흘려야 하는
고된 일이 버겁기는 피할 수 없다.

이들의 하루의 마감은 삼겹살과 소주이다.
흰 연기 자욱한 고기 집 불판 위에
익어가는 고기를 안주삼아 소주 한 잔으로

지친 몸과 마음을 달래며 하루를 마감한다.

2. 현장의 희생자

건축, 그 자체가 위험을 동반한다.
때론 하루에도 수차례 위험을 만날 때
힘이 들어서가 아니라 긴장으로 인해
온 몸에 땀이 축축하다.
위험에 대한 개선된 인식과
건축현장 내부의 모습은 시대를 반영한다.

그럼에도 불구하고 현장에서 인사사고는 끊이지 않는다.
특히 대형현장에 대다수 인원이
투입 될 경우 사고는 증가한다.
오늘도 어떤 현장에서 누가 현장의
희생자가 될 지 알 수 없다.

고층빌딩, 박물관, 병원, 학교,
공공기관, 신도시의 빌딩 숲 어딘가에서
죽어간 이들을 잊을 수 없을 것이다.

3. 고용주와 고용인

하루일해 하루 먹고 사는 이들로

표현되는 건축인들의 대우는 매우 불공평하다.
하루 11시간 땀 흘려 일을 한 뒤 받는
대우는 그 악습이 말을 하고 있듯
“일은 시키는 대로 하고 돈은 주는 대로 받으라.”는
말에서 그대로 반영된다.

땀에 대한 대가는 정당해야 함에도
현장의 업자들은 날품이라는 약점을 이용,
횡포는 일삼는 경우가 많다.
이러한 고용주의 만행은 고용인들의 생각에
영향을 주었다. 즉 ‘하루를 때우자’는 식이 되어버렸다.
고용주는 고용주대로 고용인은 고용인대로
담을 쌓아 버린 셈이다. 그곳에 화합과 대화
이해와 수용이란 있을 수 없다.

고용주도 그렇지만 고용인에게도 문제는 있다.
고용주가 고용인을 사용할 때에는
고용인을 통해 노임 외에 수익창출을 요구하게 된다.
다시말해 하루 임금이 100원이면 고용인은
자신의 노동을 통해 130원 150원 이상을 남겨야
고용주에게 이익이 돌아간다는 이론이다.

그럼에도 대다수의 고용인들이 땀을 흘리지 않고
요령과 눈치만을 살피며 내가 받는

노임 만큼의 일 이상은 할 수 없다고 말한다.
'요령과 눈치껏' 일해야 한다는 말 자체가 모순이다.
일은 정직하게 최선을 다해서 하는 것이다.
그것이 일꾼의 자세이다.

화해가 이루어져야 한다.
그것만이 불신과 요행으로 점철된
현장의 상황을 바꿀 수 있다.

4. Korean Dream

인력시장의 노동력은 모자람이 없다.
우즈베키스탄, 카자흐스탄, 베트남, 네팔,
캄보디아, 필리핀, 방글라데시, 중국인과 교포 등등…
개발도상국에서 밀려온 이유이다.

3D현상을 자신들이 품고
삶으로 받아들인 이들이 위의 사람들이다.
우리나라 이민자들의 시작이
하와이 사탕수수 밭이었듯 지금도 Korean Dream을
안고 이 땅을 밟은 외국인 노동자의 수를 헤아릴 수 없다.

"형님! 너무 너무 힘들어요."
힘은 들겠지만 그들의 꿈은

지켜지고, 이루어지도록 격려해야 한다.
그들에게 우리는 "대한민국"이다.

5. 다문화 사회

지금 시대를 세계화시대라고 말한다.
세계가 하나가 되는 것을 뜻한다.
고립되고 폐쇄적 정치성향의 나라는
살기 힘든 시대가 되었다.

세계화가 안겨 준 하나의 결과는
다문화 사회이다. 외국인과의 혼인이 자연스러운
사회현상이 된 지금, 우리나라도 이미 다문화 사회가
되었다고 말한다. 일부에서는 2100년이 되면
한국은 사라지고 미국과 같이
다민족국가로 변화한다고도 말한다.

'다문화 사회' 우리가 사는
세상의 이름이 된다.
훗날, 이것을 기억하기 원한다.
"백의민족(白衣民族)"
"동방예의지국(東方禮義之國)"
"하나님이 택한 나라"

6. 건축용어

건축의 전반적인 용어는 일본어이다.
일제 강점기를 거치면서 건축 때마다 사용 된
일본 용어가 그대로 사용되고 있다.
건축인들이 극복해야 할 또 하나의 과제다.

건축현장의 용어들을 살펴보고자 한다.
(특별히 조적에서 사용하는 용어를 주축으로 했다)

*오야지 – 사장
*세화 – 반장
*데모도 – 조공
*단도리 – 높은 벽을 쌓기 위해 만든 발판
*사모레 – 세멘과 모레를 배합한 것
*아미 – 모래의 잔돌을 걸러내는 채
*미스무리 – 물호수(물수평)
*사개부리 – 중심추가 달려 있는 줄자
*야리끼리 – 시간과 관계없이 주어진 일을 끝내면 마감함
*데마찌 – 당일 진행해야할 일을 현장 여건상 혹은 날씨, 또는 다른 이유로 취소되는 경우
*우라 – 내벽
*한마이 – 벽돌 한 줄로 쌓는 방식
*이찌마이 – 벽돌 두 줄로 쌓는 방식

*미다시 – 빨간 벽돌
*다리끼 – 정재
*데나우시 – 일을 마쳤지만 잘못되었기에 철거한 후 다시 해야 하는 상황

이 외에도 오비끼, 아시바, 아나방, 샤시꾸미, 하바, 곰방, 하시라, 하리, 쓰끼도리, 가베, 이찌마이항, 쓰라….
모두가 일본용어이다.
개선되어야 할 이유가 충분하다.

7. 인식의 개선

까만 얼굴과 피부. 흙과 세멘으로 얼룩진 작업복, 두꺼운 안전화…. 외관이 부담스럽나?
해서는 안 될 일이라는 인식이 있다면 모순이라 생각된다. 물론 힘들고, 어렵다.
사람이라면 피하고 싶은 일인 것은 사실이다.

그러나 농부의 수고 없이 따뜻한 밥이 웬 말인가.
어부의 땀 없이 생선회를 어떻게 만날 수 있는가.
청소부 없으면 나라의 길거리는 어떻게 되겠는가.
정화조 청소부 없으면 그것이 어떻게 되겠는가.
가족과 생활하는 공간, 나의 집도 건축인의 땀이 이룬 결정체이다.
그들의 손이 이 나라와 해외에서도 영향력을 발휘한다.

당연하게 생각하기보다 감사하게 생각하면
어떨까하고 생각해 보았다.

8. 도시개발의 주역

건축인들의 삶은 그 자체가 노역의 삶이다.
육체적 피로에서 오는 스트레스는 정신적 스트레스를
동반하기에 두 배로 어려운 일이 된다.

그럼에도 그들의 땀 없이
경제발전은 이룰 수 없다는 것은 자명한 사실이다.
경제 성장을 보여주는 외적인 모습은 도시의 건물에 있다.
특별히 빌딩숲으로 대변하는 신도시는
건물의 수만큼이나 다양한 디자인과 색채로
옷을 입은 건물이 그 위용을 한껏 자랑한다.
예전에는 허허 벌판이던 논이나 밭이 어느 날 갑자기
자취를 감추고 지형을 알아보기 힘든 모습의
대도시로 변화하는 모습을 우리는 심심치 않게 보아왔다.

도시…. 항만, 공원, 철도, 공장, 공공기관, 주택, 초고층빌딩, 유람시설, 도로, 관광도시, 학교, 병원, 대규모상가, 신도시, 그리고 전원주택….
노동자들의 손길이 닿지 않은 곳이 없다.

미국에서는 건축인들에 대한 인식이 특별하다고 한다.
그렇게까지는 아니더라도
노동자들의 수고가 기억되는
나라가 되는 바람을 가져본다.

성탄의 진정한 의미

아기예수님께서 이스라엘 땅 베들레헴의 마구간,
말구유에서 태어나신 절기를 살아간다.
주님오심을 기다리며 정성을 다해 준비하는 사람들,
그리고 많은 연인과 친구, 가족은 선물을 준비하느라
마음의 설레임을 떨칠 수 없다.
모든 사람들이 행복해하고 기다리며, 축제를 준비한다.
웃음가득, 행복한 모습이 좋다.
그리고 이 모든 행복위에 이 한 가지를 더하면
더할 나위 없이 행복한 성탄절기가 되리라 생각하며
성탄의 진정한 의미는 무엇인지 생각해 보려고 한다.

기쁜 소식

예수님의 탄생은 "기쁜 소식"이다.
기독교의 믿음의 대상 예수님의 생일 때문이 아니다.
그것은 구약의 예언자들이 지속적으로 예언해왔던
"메시아", 즉 "그리스도"의 탄생이기 때문이다.
예수님은 죄와 사망의 사슬에 묶인
인류의 억압과 고통의 줄을 끊고,

사랑의 희생을 통한 구원역사를 이루기 위해
이 땅에 오신 "구세주"이다.

"아들을 낳으리니 이름을 예수라 하라
이는 그가 자기 백성(인류)을 저희 죄에서
구원할 자이심이라 하니라"(마태복음1장21절).
역사 이래 지속적으로 사망의 역사를 반복해온 인류에게
구원과 생명의 길을 열어주시기 위해 예언되었던 그리스도,
예수께서 오신 절기가 바로 우리가 맞이하려는 성탄절이다.
축복이다.
기쁜 소식이 아닐 수 없다.
구원의 길이 준비되었기 때문이다.

신원(伸寃)하시는 하나님

예수님의 탄생은 "신원하시는 하나님의 현존"이다.
우리는 흔히 왕의 아들이면, 궁전에서,
그리고 왕비에 의해 태어나야 한다고 생각한다.
그리고 금빛 찬란한 인생을 살아야하고
왕을 이어 일국에 임금이 되어야 하는 것이
인간의 상식이다.
그런데 오늘 태어나실 예수님!
하나님의 독생자요,
친히 하나님이셨던 예수는 마리아라는 이름 모를

여인에 의해 성령으로 잉태되어 태어나셨다.
그리고 그 분이 누우신 곳은 왕궁의 침상이 아니라,
말들이 잠자리를 하는 마굿간에서도
말들의 밥그릇이었던 말구유였다.
낮은 곳에 임하신 것이다!

아기예수는 당대의 철학자들과, 지성인들과,
위대한 자들과, 스승들과 같은
지혜롭고 슬기 있는 자들에게 알려지며 태어나지 않았다.
영광된 소식을 들은 이들은
광야에서 양을 치던 목자들이었다.
누구를 위한 신원을 위해 오셨을까.
남녀노소, 빈부를 무론하고 겸손한 자에게 임할 것이다.
주님은 낮은 곳에서 낮은 마음과
겸손으로 살아가는 이들의 구원이 되기 위해,
그들의 삶을 신원하시기 위해 이 땅에 오신 것이다.
예수님은 하나님 앞에서
우리의 변호인이 되어 주실 것이다.

누군가 내 대신 울어준다면,
누군가 내 대신 아파한다면,
누군가 내 대신 죽어준다면,
우리는 그 사람을 평생 잊지 못할 것이며
그 분을 위한 인생을 살 수 있을 것이다.

성탄의 즐거움과 함께
예수님의 생일이 내게 주는 의미는 무엇인가?
생각하며 성탄의 행복을 한 차원 깊이 느껴보는
이 해의 마지막 시간들이 될 수 있기를 바란다.

성탄의 축복과 예수님의 신원하시는 은혜가
모든 분들에게 충만히 임하기를 기도한다.

가톨릭의 공헌

개인적으로 프로테스탄트(Protestant),
개신교가 초대교회의 신앙을 이어
세워진 교단이라는 말에 대해 아쉬움이 있다.
가톨릭역사를 제외하고 초대교회를 이은 것이
개신교라고 한다면 기독교의 역사는
오늘까지 1500여 년의 공백기가 생기게 된다.
그럼에도 많은 이들이 이 역사성을 부인하려고 한다.
기독교는 역사 안에 있음을 인정해야 한다.
역사성을 부인하면
기독교는 신비주의적 종교로 전락하게 된다.

중세를 "암흑기"라고 말한다.
물질이 우선되어져 교회의 부패를 가져온 결과,
더 이상 "계시"는 교회의 것이 아니었기 때문이다.
중요한 것은 그 가운데 신앙의 목마름과
참 신앙을 갈구하는 이들이 있었다는 점이다.
암흑기를 벗어나 신앙의 개혁을 이룰 수 있었던 것은
마르틴 루터와 인문주의자들,
그리고 인쇄술의 발달이라는

세 가지 요인이 하나 된 결과였다.
인쇄술이라는 도구와 인문주의자들의 행동을 힘입어
루터의 95개 논제는 전 유럽으로 확산되었고,
그것은 신앙을 갈급해 하는 이들에게는
새로운 신앙으로의 출발이었다.
그리고 종교개혁은 성공을 이루어 가톨릭 자체 내에서도
"반동종교개혁의 일환"으로 "예수회"가 조직되는 성과를,
안팎으로 거둘 수 있었던 것이다.

하나의 사실은 종교개혁은
가톨릭의 성도들에 의해 이루어졌고,
개혁을 단행한 마르틴 루터는
신부였다는 점을 기억해야한다.
물론, 가톨릭을 이해함에 문제가 전혀 없는 것은 아니다.

마리아 인식에 있어서는 먼저,
예수의 기독론에서 이해를 가져와야 한다고 생각한다.
우리가 함께 생각하고, 믿고, 인식하는 기독론은
"예수는 참 사람이요, 참 하나님이다"라는 고백이다.
(신성은 하나님이요, 인성은 완전한 육체의 소유자로 인식)
이 고백은 역사적인 사건, 즉 A.D. 451년 칼케톤 공의회에서 결정된 사항을 말하는데
네스토리우스의 양성론을 배격하고
유티키스의 단성론을 배격하는 동시에

레오의 톰에서 핵심적인 부분을 가져와 재합성했는데 "양성이 한 인격안에서 결코 혼합, 변함, 나뉨, 분리됨이 없이 연합되었다"는 기독론이 채택 된 것을 말한다. 인성(人城)과 신성(神聖)의 완전한 결합으로 이해된 기독론을 말하는 것이다.
더 구체적인 표현으로 예수님의 영은 신성(神聖)이요, 예수님의 육체는 완전한 육체라는 것이다.
이 점이 정통을 중시하는 구교(舊教), 신교(新教)의 신앙이다.

가톨릭은 예수님께서 참 사람이자, 참 하나님이셨기 때문에 마리아 인식에 있어서, 마리아는 "하나님을 낳은 자"라고 인식한 것이고, 나아가 "신의 어머니"(신모神母:theotokos)가 되었다.
다시 말하면, 예수님의 모친(神母)으로 이해하기 때문에 숭배의 대상이 되었다는 점이다.
이것이 하나의 문제라고 할 수 있다.

내게 있어서 마리아 이해는 "하나님이 사용한 거룩한 도구."
그 이상도 그 이하도 아니다. 이론의 근거는 예수님의 십자가상의 7언 중 제 3언의 말씀에 기인한다.
그 말씀은 "여자여 보소서 아들이니이다. 보라 네 어머니라"라는 말씀이다. 해석하면 다음과 같다.

우선 이 말씀을 하신 분은 예수님이다.
그 말씀은 두 가지이다.
먼저 '여자여 보소서 아들이니이다.'라는 말씀은
예수님이 어머니 마리아를 향해서 한 말씀인데
어머니라는 표현을 하지 않고 '여자여'라는 표현을 했다.
곧 어머니라는 정감 있는
'메테르'라는 표현을 사용하지 않고,
어떤 여인을 정중하고 예의 바르게 부르는
'귀나이'라는 호칭을 사용했다는 점이다.
때문에 '여자여 보소서 아들이니이다.' 이를 쉽게 해석하면
'여인 마리아여 옆에 요한이 이제부터 아들이 될 것입니다.'라는 의미이다.

또 한 말씀은, "보라 네 어머니라"는 말씀이다.
이는 12제자 중 가장 어린나이,
곧 10대 후반으로 추정되는 요한(사도요한)에게
"이 여인 마리아를 네게 부탁하니 어머니로 모셔라"라는 유언과 같은 말씀이었다.
마리아의 옆에는 요한이 있었던 것이다.
중요한 것은 예수님께서 육신의 어머니 마리아를
더 이상 어머니가 아닌 한 여인으로 분리 호칭함으로써
본래 신적 지위를 가지셨던 성자로서,
그리고 십자가를 지심으로 장차구원의 길을 예비하는
메시아라는 사실을 확증하는 사건이라고 할 수 있다.

때문에 마리아 인식에 있어서
"하나님께 쓰임 받은 거룩한 도구"
그 이상도 이하도 아닌 것이다.
하지만, 가톨릭의 신앙은 여전히 살아 있어
하나님의 나라를 확장하는 일에 밑거름이 되었다.
특별히 조선 천주교의 역사에서 나타난
하나님의 섭리는 말할 수 없는 놀라운 결과였다.
기독교의 역사를 피의 역사라고 한다면,
조선 천주교회가 곧 "피의 역사"였기 때문에 의의를 갖는다.

최초의 교회 김범우의 집을 시작으로
서학(西學)을 접한 조선인들은
신앙의 확산이 매우 급진적이었다.
그러나 정치세력의 오해로 나타난 서학의 인식,
"無君無父(무군무부)"
즉, "임금도 없고, 아비도 없다"라는 오해는,
그 씨를 말리겠다는 각오와 함께
전국적이며 대대적인 천주교박해로 이어지게 된다.

신유박해, 기해박해, 병오박해의 수난을 겪으며
이미 많은 성도들이 참수형을 당하기 시작했다.
그러나 그것은 시작에 불과했고,
아주 미비한 죽음일 뿐이었다.
조선 땅 전국에 걸친 대대적인 박해가 일어났는데,

무려 9년여 동안 지속되었다.
바로 병인박해를 일컫는 것이다.
병인박해(1866-1873)때에는 적게는 8천명에서
많게는 2만 명의 천주교신자들이 순교했는데,
처형방법 가운데 하나는 우리나라 소나무인
금강송으로 한번에 20~25명씩 뉘어놓고
처형하는 처참한 방법을 사용했다.
이와 같은 사실을 『한국기독교역사1』에서 말해주고 있다.

"만일 증거자가 흔들리지 않고 있으면
다른 사람들을 무섭게 하기 위하여
그들 보는 앞에서 죽이고, 만일 고문으로 기진맥진하고
사지가 부러진 채 살려달라고 청하고
배교한다는 말 한 마디를 하면,
즉시 석방하려는 것처럼 끌어내가지고는
관청문 앞에서 죽인다.
몇 군데에서는 망나니의 생각으로는
너무 느리게 작용하는 검과 도끼를 집어치우고,
새로운 사형도구를 사용한다.
그것은 들보 두 개를 포개서 만든 단두대 같은 것으로,
위에 있는 들보가 밑에 있는 들보 위에 떨어지면서
한꺼번에 20명 내지 25명의 목을 으스러뜨린다.
다른 곳에서는 굉장히 깊고 넓은 구덩이를 파서
살아 있는 천주교인의 무리들을 포개 넣고

그 위에 흙과 돌 따위를 쌓아서
죽이고 묻는 일을 한꺼번에 해치운다."
(『한국기독교역사1』, p. 118.)

하나님을 신앙한다는 이유 하나만으로
전국적으로 피를 흘리는 두려움, 눈물과
죽음의 탄성이 끊이지 않는 상황이었던 것이다.
어찌 외면할 수 있을까?
불과 140 여 년 전의 일이다.
다른 나라 이야기가 아니다.
우리 선조들의 이야기이다.

"순교의 피가 곧 교회의 씨앗이다"라는 말이 있다.
터툴리안의 말이다.
왜 피인가.
피는 생명을 의미한다.
피를 흘릴 때 생명은 살아나는 역설적 사실이
기독교순교의 의미라 할 수 있다.
기독교최초의 순교자 스데반 집사의 순교를 시작으로,
역사적으로 볼 때 교회는 순교가 있을 때마다
오히려 부흥하고 성장하고 확대되었음을 알 수 있는 것이다.

천주교에 순교의 피는 단순한 공헌에
불과한 것이 아니라

어쩌면 천주교 신자들의 피의 터 위에 세워진 것이
우리나라 프로테스탄트(Protestant),
개신교교회일 수 있다고 생각한다.
어느 시대를 막론하고 결코 하나님은
순교의 피에 대해 묵과(默過)하지 않으신다.

천주교신자들의 헌신에 힘입어
개신교선교사들은 한글로 번역된 성경을 손에 들고
선교를 위해 이 땅에 들어왔다.
선교사의 손에 이미 그 나라의 언어로 된 성경이
손에 있었다는 사실은 어떤 선교역사에서도
유래를 찾아보기 힘든 일이다.
개신교 선교사들이 조선에 들어올 때
흔히 말하는 '처녀지(地)'는 아니었던 것이다.
이미 세례를 받은 자들이 있었고,
또한 세례를 희망하고 있는
상당수의 신자들이 있었던 것이다.
개신교 선교사들은
복음을 증거 하는 일을 먼저 한 것이 아니라,
세례를 주는 일부터 전개해야 했었다.
우리나라를 찾은 개신교 선교사 언더우드는
이러한 상황에 대해 다음과 같이 말하고 있다.

"그 무렵은 씨를 널리 뿌릴 시기였음에도

동시에 우리는 첫 열매들을 거둘 수가 있었습니다.”

천주교의 희생은 혹독하다 못해 잔인하기까지 했다.
우리는 천주교의 희생을 기억해야 한다.

겨울나무와 같이

하늘을 보면 높고 푸르기만 하다.

나무는 늦은 가을,
아니 이미 초겨울의 문턱에서 이는
차가운 바람에 몸을 흔들어 댄다.
그렇게 자신을 매질하며 채찍질하더니
낙엽을 모두 땅에 던져버리고 말았다.

그 하늘가에 걸려 있는 나무는
앙상한 가지만을 드러낸 채
원초적인 모습으로 서 있다.

그런데,
그렇게 버렸더니,
다 떨어져서
소망이 사라진 줄 알았는데,
그 흔들림이,
그 떨어짐이,
자신을 살리는 결과를 얻었다.

자신을 살리는 밑거름이 되었기 때문이다.

내 삶에 가을단풍처럼 화려함이 있다.
쉽게 내려놓을 수 없고, 포기 못하는 그 무엇.
놀랍지만, 때론 그것이 내 존재감을
확신시켜 줄 때가 있다.
그래서 때론 노예가 된다.

나무는 다 벗고,
원초적인 모습으로 서며
또 하나의 나이테를 만들 발판을 준비한다.
어쩌면 우리도 앙상히 드러낸 나무처럼,
겨울나무와 같이 다 떨구고, 다 버리고,
앙상히 드러낸 원초적인 모습으로
하나님 앞에 서는 것, 겨울나무와 같이.

그것만이 또 하나의 나이테를 만들며
성장이라는 열매로 이어지는
순환의 과정은 아닌가 생각하게 된다.

홀로 있음과 침몰

'인간은 사회적 동물이다.'라는 말과 같이 인간은
인간과 인간을 네트워크화 하는 조직체계를 이루어
거미줄 망과 같은 사회체계를 창조해냈다.

새벽부터 시작되는 도시의 하루는
깊은 밤 네온 거리의 분주함에 이르기까지
자동차, 시장의 장사, 길거리, 야외공연,
전화기, 공장의 기계소리, 각종소음으로 뒤덮는다.
그곳, 무한경쟁지대에 한가함은 적이다.

급박한 삶의 환경이 가져온 인간의 정서는
혼자만이 갖는 시간적 여유를 허락지 않는다는 점이다.

그럼에도, 그럼에도 홀로 있음이 요청된다.
독일인 목사 본 훼퍼(Bon Hoeffer)는 옥중편지에서
'사람이 홀로 있기를 거부하면, 그리스도와 함께 있기를
거부하는 것이다.'라고 말한 바 있다.

고독의 순간은 자신을 볼 수 있는 시간이다.

고독의 시간은 하나님을 느낄 수 있는 시간이다.
홀로 있게 된다는 생각에서 오는 두려움,
혹은 불안에 대해 미리 거부 혹은 회피하여
홀로 있기를 거부하지 말라.
홀로 있어 자신의 깊은 내면을 바라보면,
그 분을 만날 수 있다.

어거스틴의 방황의 끝은 "내가 내 자신 안에 들어와 나를 보았을 때 그 곳에 하나님이 계셨다"고 고백했다.

충성 뒤에 곤고함, 탄식,
창자가 끊어지는 듯한 부르짖음의 과정 후
하나님과의 연합을 위한 최종적 믿음의 행실은
그리스도 안에서
홀로 있음과 침몰이다.

3 장

그리스도 안에서

"예수 그리스도는 어제나 오늘이나
영원히 똑같은 분이십니다."

히 13:8, 현대인의 성경

마음

일편단심(一片丹心) 의 의미는
일평생 오직 하나의 마음을 갖고
살겠노라는 다짐이다.

사람의 마음은 하나이어야 한다.
두 마음을 품을 때 정(正)하지 못하고 그 결과
악을 행하게 된다. 두 마음이 갖는 의미는 무엇인가.
그것은 다초점렌즈라 말할 수 있다.
한 번에 한 곳을 보는 것이 아니라,
여러 개, 혹은 여러 곳을
동시에 보는 일관성 없는 시각을 말한다.

뱀이 다초점렌즈를 가졌는데 바로 하와를
유혹할 때도 다초점렌즈를 사용했다고 한다.
하나님만을 의지하고 살던 하와에게 다가가
하나님의 사람으로 살든지, 하나님처럼 살든지
둘 중에 하나를 택하라는 유혹을 통해
두 마음을 갖게 했고 하와는 후자를 선택했다.
마음이 둘이 된 결과, 최초의 가정은 파괴되었고

가족은 사망을 가져왔다.
마귀는 처음부터 사람의 마음을 갈라놓았던 것이다.

사람의 마음이 나누어지는 것은
하나님께서 원하시는 것이 아니다.
잠언4장 23절 말씀은 이렇게 말씀한다.
"무릇 지킬만한 것보다 더욱 네 마음을 지키라.
생명의 근원이 이에서 남이니라"

자기부인

예수님의 사역은 단 3년, 짧았지만 역사는 강했다.
그리고 그 사역에 초대된 제자는 단12명,
그나마 하나는 배신자였다.
제자를 부르신 예수께서 처음 하신 말씀은
"자기를 부인하라"(눅9장23절)는 말씀이었다.
높은 도덕율, 학식, 배경. 아니었다. 그래서 의외였다.

자기 부인(自己 否認)을 나누어 말한다면
자기란 "높아지고 싶어 한다.
자랑하고 싶어 한다.
칭찬 듣고 싶어 한다.
인정받고 싶어 하고
출세와 명예를 얻기 원하는 반면,
남이 말하는 충고나 권면은 받아들이기를 싫어하고,
자기를 주장하는 자세를 갖는 것이
자기의 성격"이라 할 수 있다.

부인의 헬라어 원어는 "아팔네오마이"라는 말로
이 말의 뜻은 "부인한다. 거절한다.

인연을 끊는다.
포기한다" 등의 뜻이 있다.

예수님은 제자를 부르시는 일에 있어서
여러 가지 까다롭고, 수준 높은 자격과 기준을
요구하신 것이 아니었다.
그렇다면, 왜? 자기부인을 하라는 말씀을
처음조건으로 요구하셨는가?
인간의 근본적인 문제에 대한
도전적인 요구였다.
그 근본 된 문제는 하와가 뱀의 유혹의 내용에
유혹된 것이라 할 수 있다.

"너희가 그것을 먹는 날에는 너희 눈이 밝아
하나님과 같이 되어"(창3장4절-5절)

하와가 이 유혹에 동의하고
선악과를 먹었다는 것이 문제이다.
다시 말하면 인간의 타락한 근본,
지금 모든 인간의 내면에는
"하나님과 같이" 되고자 하는 교만이
근본적인 자아로 자리하고 있다는 것이다.

예수님은 타락한 인간의 근본적인

마음의 틀을 부수고 처음인간의 마음,
순종을 통한 청지기의 삶을 사는 제자들로
거듭나기를 원했던 것이다. 시간은 걸렸지만,
자기가 부인된 신앙에서 비롯된
철저한 순종의 모습을 제자들의
삶을 통해 볼 수 있었는데
그들은 모두 복음을 전하다가
순교의 현장에서 사라졌다.

기독교는 이 진리를 아는 이들이
매일의 삶속에서
자신의 생각과 뜻을 부인하고,
포기하고, 거절하는 삶을 통해
선한 청지기의 삶을 살려
기도하는 자들을 일컫는다.

양심

로마서는 인간정의에 관해
"의인은 없나니 한 사람도 없다."(롬3:10)라고
정의했다. 때문에 타락한 인간의 양심을
거론한다는 자체가 모순일 수 있다.
그러나 인간이 완전히 타락했다는 관점이 아니라,
부분적 타락의 관점에서,
양심의 송사(訟事)에 관해 다루어 본다.
선언하건대 인간은 근본적으로
악의 노예임이 분명하다.
그럼에도 불구하고 악과 죄에 대해
양심이 송사한다는 것이다.

송사(訟事), 곧 고발한다는 것이다.
때문에 양심은 불법과 죄에 대해 근심하게 만든다.
양심은 악과 무질서에 대해
고통스런 반응을 일으킨다.
죄에 대해 내 양심이 스스로에게
고발하므로 경각심을 갖게 된다.
그것이 깨어 있는 양심이라고 할 수 있다.

죄로 인해 양심이 지옥을 경험했다면 역설적이지만,
양심이 깨어 있는 사람이라고 할 수 있다.

문제는 양심에 화인(딤전4:2)을 맞으면 나타나는 현상이다.
화인(火印)이란 고대시대에 불에 달군 쇠로
노예의 이마 혹은 팔에 낙인(烙印)하여
영원히 노예라는 증표로 남게 한 것을 말한다.
양심에 화인을 맞았다는 것은 양심에 기능이 마비되어
죄에 대한 경각심이 없어지고,
때문에 양심에 송사가 멈추었으며
죄를 지어도 죄에 대한 죄책감 없이 죄를 일삼고,
인지능력이 마비된 듯 도덕과 윤리를
파괴하는 행위를 일삼게 되기 때문이다.

양심은 하나님과 인간의 소통의 창구이다.
양심은 단순히 선과 악에 대한 민감한 반응뿐만 아니라
하나님과의 인격적 대화의 장이다.

예수님께서 제자를 처음 부르신 후 하신 말씀은
'자기를 부인하라'(눅9장23절)는 말씀이었다.
원죄와 자범죄로 인해 사망을 당한 영과 혼과 육이
예수님을 만나 세례를 받고
자기를 부인하는 과정을 통해
거듭남의 체험을 경험하고

성령 충만의 은혜로 믿음이 충만하다면
마지막으로, 그렇게 거듭난 디모데에게
바울은 한 가지 추가적으로 부탁을 한다.
"착한 양심을 가지라. (딤전1:19)"
잠자는 양심을 흔들어 깨우는 일만이 살 길이다.

핵인核人

이 시대 사람에 대한 정의는
무엇이라 할 수 있을까.
소(小)답은 30년 전에 이미 있었다.

군소신학 시절 학장이자 조직신학교수님의
인간정의는 "다가올 미래의 인간은
개인의 자아(自我)가 핵과 같은 존재가 될 것"
이라고 했다. 결핍(缺乏)이 부재(不在)된 자를 말한다.
사람이 큰 존재가 되었다.

높은 학력으로 정보의 홍수시대를 선도하고
부러움 없는 경제력으로 자신의 성(城)을 견고히 했다면,
거침없는 전문성은 카리스마를 내뿜는다.
홀로 생활하는 독립적인 존재로서
개인주의를 지향하는 나홀로 족은
태산을 이루어간다.

핵과 같이 파워풀한 개인에게
기독교란 걸칠까? 말까?

악세사리가 되었다.
이 시대 사람에 대한 정의를
일목요연하게 정리하기 위해서
기독교 변증가였던 영국의 C.S 루이스의
책 제목을 빌려 표현하자면
『피고석의 하나님』이라고 할 수 있을 것이다.

사람이 너무 큰 존재가 된 것이다.

로기스모스 *Λογισμός*

쉬지 않는 생각의 호수,
그 호수에 끝없이 날아오는 검은 돌.
파장을 만들어 술렁이는 물의 포효(咆哮)는 검은 돌!
로기스모스로 기인한다.

로기스모스! 잡념(雜念), 분심(分心)이라 일컫는
사단의 인간침투 도구다.
잡념, 분심의 내용은 선함이 없는 악한 생각이 전부다.
인간의 뇌, 생각은 쉬지 않는다는 점을 이용한다.
로기스모스의 인간침투 과정은 다음과 같다.

첫째, '제시'의 단계이다.
한 순간 스쳐가는 일, 혹은 사건의 생각이 떠오르며
그것을 하면 어떨까? 하며 그 생각을 마음에 담는다.
물론 완전히 결정하여 그 일을 하겠다고 한 것은 아니다.
그러나 떨쳐 버리면 괜찮을 것을 은근히 마음에 묻어둔다.
종교개혁자 마르틴 루터는
죄에 대한 비유적인 설명을 한 바 있다.
'머리 위로 새가 날아다닐 수는 있다.

하지만, 그 새가 자신의 머리에
둥지를 틀게 해서는 안 된다'고 말했다.
이 말이 '제시'를 일컫는 바와 같다고 볼 수 있다.
그러면 다음 단계로 나아가는 것이다.

둘째 단계는 '협조'의 단계이다.
'제시'되어 마음에 담아둔 일,
혹은 사건을 이제는 이끌어 낸다.
그리고 자기 자신의 마음이 로기스모스에 대해
서로 마음을 같이 하여 일을 도모하는 단계이다.
놀랍게도 방법을 제시하거나 진행된 사항은 없다.
협조는 친구가 된 것을 말한다.

셋째 단계는 죄인 줄 알면서 '동의'의 단계이다.
'동의'의 단계가 주는 느낌은 꿀송이 보다도 더 단듯한
죄의 유혹으로 오는 쾌락의 느낌이다.
이 단계가 되면 행동만 없을 뿐 마음은
'로기스모스'에 의해서 점령되었고 패한 상태가 된다.

넷째는 '내적 갈등'의 단계이다.
죄가 가져다줄 달콤함, 그러나 죄이기 때문에
하지 말아야 한다는 마음의 싸움이 일어난다.
그러나 동의한 마음은 이미 패한 상태이다.
이 싸움은 마음이 항상 지게 되어있다.

다섯째는 '저항의 단계'이다.
이 싸움에서 이기는 경우는 흔치 않다.
마지막 여섯 번째 단계는 '노예상태'이다.
스쳐지나가던 '로기스모스'가
인간 마음의 주인이 되고 지배자가 된다.
마음을 지배한 로기스모스로 인한
인간의 마지막 심적 단계는 '격정'의 노예가 된다.

그리고 로기스모스의 노예가 된 인간은
잡념, 분념에서 비롯된 생각을 행동으로 실천하여
악의 결실을 맺는 단계까지 나아가는 것이다.

수도사들이 말한 그대로
지성이 어떤 결정을 하느냐에 따라
사람의 마음이 악에 혹은 선에 처할 수 있는 것이다.
로기스모스가 다양한 악의 생각을 통해 제시해 오지만
지성과 영성이 악한 로기스모스를 떨쳐내고 물리치면
인간 내부에 침투하지 못하고 도망하게 된다.

사단의 전략은 이렇듯 '스쳐 지나가는'
바람처럼 스쳐지나가는 별것 아닌 것 같은
방법을 통해 인간 파멸을 계획하고 실행하고 있는 것이다.
인간의 속성과 사단의 간계를 알고 계시는
하나님께서 이렇게 말씀한다.

"무릇 지킬만한 것보다 더욱 네 마음을 지키라
생명의 근원이 이에서 남이니라"(잠4:23).
죄는 뇌, 곧 생각에서 시작한다.

포스트모더니즘과 진보주의

우리가 살고 있는 21세기를
포스트모더니즘시대라고 말한다.
"절대이념은 없다"는 말이다.
이와는 대조적으로 기독교의 신앙은
절대자 하나님을 신앙함에 있다.

문제는 포스트모더니즘의 타종교에도
구원이 있다는 주장이
기독교계 진보주의자들에게서 나타난다는 것이다.
진보주의자들은 성경의 믿기 어려운 부분
즉, 이성이 이해가 되지 않는 것은 믿지 않는다는
신앙의 합리화를 추구한다.

슐라이어마허, 리첼의 주장과 같이 "경험된 것만을 믿는",
성경의 초경험적 이성으로 생각하는 것은
받아들이지 않겠다는 선언을 한 것이다.
이것은 창조자의 능력을 제한하는 인간이성의 실천이다.
진보주의자들의 신학결과 현 시대를
"진보주의 신학의 터 위에 서있는 포스트모더니즘과 같은
신학이 주류를 이루고 있는 때"라 일컫게 되었다.

이에 대해 칼 바르트(Karl Barth)는
"하나님의 말씀으로 돌아가야 한다."고 간결하게 꼬집는다.

기독교는 절대 지존하신, 유일신 하나님을 믿는다.
하나님을 믿는다는 것은 그분의 행하신 일을 믿는 것이다.
창조, 타락한 인간회복, 구원, 심판! 그 어떤 신이
이러한 일을 행하였다고 주장하는가?

사신 하나님의 능력과 권세를 믿을 수 있는 길은
계시를 통해 하나님 자신을 보이신
성경으로 돌아가는 것이다.

에필로그

꿈에

너무도 파란 빛의 바다가
가슴 벅찰 만큼 끝없이 펼쳐져 있다.

바닷물은 맑고 투명했고,
성난 물결은 거친 파고(波高)를 일으키며
나를 집어삼킬 듯 사나웠지만
파도 또한 한 컷 담을 만한 비경(秘境)이었다.
그 파도는 내게 멋지게만 보였다.

"큰 바다의 푸른 물결, 넓고 거친 고해(苦海)같은
인생행로를 상징하는 기독교용어"라고 정의한 인터넷.

'창파'(蒼波)

거친 물결만큼 사납고 어렵겠지만
맑고 투명한 유리바다라고
설명해 주시는 계시록의 말씀처럼
그 바다를 향해해 가고 싶다.

교회 위 큰 나무가 있다.
그런데 그 나무에 무수히 많은
열매들이 달려있다.
더 자세히 보니 그 열매들이 입을 벌려서
속 알맹이가 떨어지기 직전이었다.

창파! 고해 같은 인생행로가 아닌
생명의 그 바다, 내 맘껏 저어가리라.

– 헝가리 페슈트주 두너케시에서

"하나님이 세상을 이처럼 사랑하사
독생자(예수)를 주셨으니
이는 저를 믿는 자 마다 멸망치 않고
영생을 얻게 하려 하심이니라"

– 요한복음 3장 16절 : 성경요절

작가의 또 다른 책

출판 예정 안내

유대인의 바벨론 포로귀환 후로부터
예수님께서 탄생하시기까지 400년!
성경에는 기록되지 않은 유대인의 역사를
신구약 중간사를 통해 볼 수 있다.

* 상기 도서는 출판예정 도서로 책의 표지 이미지와 사이즈는 실제 출판도서와 다를 수 있습니다.

김경호 칼럼집

교회, 내 눈물 내 노래

발행일 2021년 4월 23일

지은이 김경호
펴낸이 안혜숙
디자인 임정호

펴낸곳 문학의식사
등록 1992년 8월 8일
등록번호 785-03-01116
주소 우 23028 인천시 강화군 강화읍 시미리로 313번길 34 삼원아트빌 402호
우 04555 서울 중구 수표로6길 25(충무로3가 25-12) 501호(서울 사무소)
전화 02.582.3696 / 032.933.3696
이메일 hwaseo582@hanmail.net

값 12,000 원
ISBN 979-11-90121-24-8